Le Répondeur

Luc Blanvillain

Le Répondeur

Quidam éditeur

ISBN : 978-2-37491-123-6
Dépôt légal : janvier 2020

Le Répondeur

Troisième édition
www.quidamediteur.com
Diffusion-distribution : Harmonia Mundi *livre*

Conception graphique et illustration de couverture : Hugues Vollant
Le logo est de Mœbius que nous remercions de sa générosité spontanée.

En vérité, tout, je vous assure, peut, absolument, répondre à tout : c'est le grand kaléidoscope des mots humains. Étant donnés la couleur et le ton d'un sujet dans l'esprit, n'importe quel vocable peut toujours s'y adapter en un sens quelconque, dans l'éternel à peu près de l'existence et des conversations humaines. — Il est tant de mots vagues, suggestifs, d'une élasticité intellectuelle si étrange ! et dont le charme et la profondeur dépendent, simplement, de ce à quoi ils répondent !

Villiers de l'Isle-Adam, *L'Ève future*

Baptiste soupira. Il avait encore massacré François Hollande.

C'était toujours pareil. Il n'était pourtant pas dur à faire, Hollande. Chez lui, dans l'intimité, Baptiste y parvenait parfaitement. Il suffisait de se figurer un fauteuil de cuir épais, des ongles sur les accoudoirs, et c'était parti. Il avait tenté d'expliquer plusieurs fois sa méthode, à ses parents d'abord, puis à d'autres artistes. Les plus polis faisaient semblant de comprendre mais apparemment, il était totalement atypique. Aucun autre imitateur n'avait besoin de se concentrer sur des images mentales pour s'approprier des voix. Ils s'entraînaient plutôt à la façon des chanteurs, parlaient tessiture et tonalité, travaillaient au casque. Lui, il écoutait la personne jusqu'à ce qu'une représentation figurative ou abstraite se forme dans son esprit et s'y fixe. Pour Balladur, une oseraie sous la lune, pour Françoise Hardy deux hélicoptères, une mare pâle pour Zidane et ainsi de suite. Après quoi, il reproduisait le phrasé, les intonations avec un réalisme étonnant. Peut-être, avait un jour suggéré un médecin, une forme d'imaginaire sonore synesthésique.

Mais le problème n'était pas là. Le problème était que le public lui faisait perdre ses moyens. Pas complètement, certes, mais sur scène il versait dans la caricature. En tête à tête avec Vincent, le directeur du théâtre, Baptiste était presque inquiétant d'authenticité. Les absents peuplaient la salle, les morts jacassaient.

Le rideau tomba dans une bruine d'applaudissements évasifs. On aurait pu, à l'oreille, compter le nombre de spectateurs. Baptiste s'écroula sur une chaise, dans la coulisse.

— C'était bien, affirma Vincent, c'était pas mal du tout.

Baptiste lui lança un regard navré. Entre eux, le courant était passé tout de suite. Ils avaient d'abord échangé des mails, bien avant que Baptiste ne quitte Angoulême pour tenter sa chance à Paris. Le théâtre alternatif de Vincent l'avait séduit d'emblée, une salle minuscule coincée entre un immeuble de bureaux et une supérette, dans le quatorzième, restaurée et animée par des bénévoles au sein d'une association sans le moindre espoir lucratif. La buvette proposait du maté, des orangeades bio et des bières fermières aux noix. Le public était essentiellement constitué d'amis d'amis.

— Non, j'ai foiré Hollande.

Baptiste s'essuya les cheveux. Tous les soirs, il suait comme Brel au soir de ses adieux à la scène. C'était sans doute ce qu'il aurait de mieux à faire. Ses adieux. Avant d'avoir complètement coulé Vincent. Il payait le loyer de sa chambre de bonne en rédigeant des newsletters pour une chaîne de magasins discount. Un boulot provisoire. Ses collègues de travail adoraient ses imitations, il animait tout l'open space.

— Hollande était un peu guindé, mais tu as vraiment transcendé Gide.

— Vincent ! Qui connaît Gide aujourd'hui ?

C'était l'autre problème. Il était particulièrement doué pour les voix méconnues, oubliées, les premiers ministres de la IVe République, les chanteuses rive gauche, les animateurs de l'ORTF. Il pratiquait l'imitation de niche.

— À propos de Gide…

Quelque chose, dans l'intonation de Vincent, intrigua Baptiste. Dans la pénombre des coulisses, il l'entendait sourire.

— Oui ?

— Quelqu'un veut te voir. Je l'ai fait attendre dans ta loge.

Baptiste se leva, écarta brièvement un pan du rideau. La salle était déjà vide et rallumée. Estelle, la régisseuse, balayait en fredonnant, ses écouteurs dans les oreilles.

Quelqu'un voulait le voir. Il avait déjà imaginé cent fois cette situation, bien sûr. Un chasseur de têtes, à la fin d'un spectacle, un type de la télé, la sortie des enfers. Pourquoi Vincent avait-il dit : « À propos de Gide » ?

Il comprit tout de suite en entrant dans sa loge.

L'homme était plus petit qu'il ne le pensait, plus âgé, plus voûté, plus timide. Une frange grise et trop longue lui tombait sur les yeux. Il la repoussa maladroitement et tendit l'autre main.

— Bonsoir, je… Toutes mes félicitations.

Ses doigts étaient chauds et fermes.

— J'ai lu tous vos livres, bredouilla Baptiste.

Il n'en revenait pas. Un producteur, il aurait pu comprendre. Mais un écrivain ? Peut-être l'un de ceux qu'il admirait le plus, un auteur aussi célèbre que discret, Goncourt à la toute fin du vingtième siècle, prosateur raffiné dont la voix douce et rare illuminait certaines fins d'après-midi d'automne, sur France Culture. Par quelle fantaisie du destin Pierre Chozène avait-il pu se retrouver dans sa loge ? C'était inimaginable.

— Tous mes livres ?

Chozène paraissait sincèrement épaté. Pourtant, il écrivait peu. Un roman tous les quatre ans, en moyenne. Une demi douzaine en tout, traduits dans vingt langues.

— J'ai commencé par hasard, dans une librairie, les premières lignes du *Voyage d'été*…

Il s'interrompit, promena un regard vague sur la pièce mal éclairée, les miroirs, les patères usées, aperçut par la porte entrouverte le couloir où gisait un projecteur hors d'âge.

— Et voilà, conclut-il.

Chozène parut approuver, ou confirmer d'un hochement de mèche que les choses avaient dû se passer ainsi. Avant de songer à lui offrir un siège, Baptiste se dit que ses misérables prestations dans le théâtre de Vincent n'avaient pas été vaines, si elles lui avaient permis de rencontrer Chozène.

Celui-ci paraissait nerveux, concentré sur une pensée difficile. Baptiste comprit brutalement que le romancier n'était pas venu pour le complimenter. Ou pas seulement. Il avait quelque chose à lui demander et n'y parvenait pas.

— Je suis désolé, je n'ai pas été très bon, ce soir.

Lui revenaient en mémoire la faiblesse de ses textes. Il était son propre auteur et ses saynètes manquaient de vigueur. Le long dialogue entre Céline et François Mitterrand, par exemple, s'enlisait vite dans des considérations ironiques qui lassaient le spectateur. Il se souvint qu'une femme était partie au beau milieu du monologue de Mendès-France. S'il s'était douté un seul instant que Chozène était dans la salle !

Le romancier lui adressa un sourire distrait. Apparemment, ses pensées flottaient très loin du spectacle de Baptiste, qui se souvint que l'écrivain était connu pour ses longs silences. Son oreille aiguisée avait déjà remarqué qu'à la radio, le technicien les coupait au montage, produisant un débit heurté, artificiel. Baptiste savait, en bon imitateur, que les paroles sont essentiellement constituées de silences. Ceux de Chozène étaient très beaux, offrant aux mots un écrin velouté.

— Je vous ai trouvé sur Internet, finit par révéler l'écrivain.

Devant la mine surprise de Baptiste, il mima Internet, d'un geste fuyant. Le mot « trouvé » paraissait étrange. Pour trouver, il faut chercher. Chozène envisageait-il d'écrire un roman sur un imitateur raté ? Peut-être désirait-il recueillir son témoignage ? Il se demanda si cette hypothèse était plutôt glorieuse ou humiliante. Dans le doute, il attendit la suite, qui ne vint pas.

Le romancier se passa une main sur le visage. Il paraissait fatigué ou migraineux. Il recula d'un pas et s'appuya contre l'armoire massive qui occupait presque toute la petite pièce. À cet instant, son portable sonna et une onde de stupéfaction traversa ses traits. Il attrapa l'appareil, dans sa poche intérieure, le considéra sans rien dire, donnant l'impression de tenir à bout de bras un nourrisson hurlant, puis, quand les sonneries cessèrent, le remisa dans une sacoche qu'il portait à l'épaule. Baptiste s'en étonna. Lui, rangeait toujours son téléphone à la même place et il lui sembla que tout le monde faisait de même. Cette remarque l'embarrassa, comme si elle trahissait chez Chozène, une manie légèrement honteuse ou un symptôme.

— Je l'avais éteint pendant le spectacle, précisa le romancier. Complètement éteint.

Baptiste le gratifia d'un sourire rassurant, pressentant chez son interlocuteur le besoin d'être lavé de tout soupçon à ce sujet. Puis il commença à se demander ce qu'ils faisaient là, tous les deux. La fatigue lui tombait dessus, intense et impérieuse comme après chaque représentation. Son corps avait soif de sommeil. Il cligna des yeux.

— En tout cas, monsieur Chozène, je suis très touché que vous soyez venu, je…

Son regard tomba sur les quelques volumes qui garnissaient une petite étagère murale. Une biographie de Pelé, les *Fragments posthumes* de Vauvenargues, un polar suédois. Rien de Chozène.

— J'aurais adoré vous demander une dédicace.

L'écrivain, revenu de l'espèce d'hébétude où paraissait l'avoir plongé la sonnerie de son portable et peut-être sensible aux inflexions conclusives dont s'était teintée la voix de Baptiste, s'ébroua.

— Il faudrait… commença-t-il. J'avais quelque chose à vous demander.

L'imparfait n'échappa pas à Baptiste. Comme si, au moment où il se motivait pour en venir au fait, Chozène renonçait, accueillait par avance l'échec de sa démarche. À cet instant, Vincent pointa une tête dans la loge.

— Un petit verre pour finir cette soirée en beauté ?

Sa gentillesse brute et sa voix forte les surprirent telle une lumière trop vive. Baptiste prit conscience que Chozène et lui avaient murmuré comme des conspirateurs. Il s'attendait à ce que l'écrivain décline la proposition et s'éclipse mais il parut ravi.

— Très volontiers.

Ils se retrouvèrent à la buvette avec Estelle et Jean-Loup, le trésorier de l'association qui faisait aussi barman.

— On n'a pas la licence, pour l'alcool, s'excusa Jean-Loup, mais j'ai toujours ma bouteille personnelle de Stolichnaya pour motiver les troupes.

— Il a des potes russes qui la lui rapportent directement de Moscou, précisa Vincent.

— Ce sera parfait, approuva Chozène.

Après quelques gorgées, tout parut plus simple. Vincent parvint à aiguiller la conversation vers le spectacle et à extorquer quelques commentaires laconiques au romancier qui avait apprécié la désuétude décalée des textes et la qualité des voix. Il ne dit rien sur Hollande. Encouragé par l'alcool, Baptiste essaya d'exposer sa méthode d'imitation visuelle, qui parut beaucoup intéresser Chozène. L'écrivain fit quelques allusions au fait qu'il avait des relations dans le monde du spectacle et laissa entendre qu'il pourrait contribuer à la promotion du spectacle, ou peut-être au développement de la carrière de Baptiste mais demeura très flou. On lui posa des questions hésitantes sur son propre travail et il confirma qu'il était « sur un truc ». On n'en sut pas davantage. À aucun moment il n'expliqua pourquoi il était venu ce soir. Baptiste échangea quelques regards perplexes avec Vincent et finit par se laisser flotter dans la vodka. Chozène, plus détendu, raconta quelques anecdotes sur un présentateur télé en vogue qui l'avait interrogé sans avoir lu une ligne de lui.

— Ils ont des assistants qui leur font des fiches, indiqua-t-il sans paraître le moins du monde consterné.

Vers une heure du matin, comme l'auteur ne semblait pas décidé à prendre congé, Vincent annonça, embarrassé, qu'il avait encore un peu de boulot avant de fermer le théâtre. Chozène regarda sa montre, finit son verre, remonta sa sacoche sur son épaule et gratifia tout le monde d'une poignée de main chaleureuse. Il s'attarda encore un peu dans le hall, promit de faire de la publicité pour le spectacle puis s'éloigna dans la nuit.

— Incroyable, résuma Baptiste.

— Il te voulait quoi, en fait ? demanda Vincent. Juste te féliciter ?

— Honnêtement, je ne sais pas. J'ai l'impression qu'il avait quelque chose à me dire et… qu'il n'a pas osé.

Vincent acquiesça, songeur, puis se dirigea vers son bureau.

— Tu m'excuses, Baptiste, j'ai du taf. On se voit demain soir ?

— Écoute, je ne sais pas si c'est raisonnable de s'acharner. Ils étaient combien, ce soir ? Vingt ? Trente ?

— Vingt-sept ! lança Estelle, impassible.

Vincent parut se livrer à un bref exercice de concentration sur ses cuticules puis poursuivit son chemin vers le local technique qui lui servait de bureau.

Vingt-sept. Le moindre prof avait plus de public. Baptiste franchit la porte à tambour et huma l'air nocturne. C'était ce qu'il avait voulu, non, la bohème ? Les débuts difficiles faisaient partie du scénario. Son orgueil n'en souffrait pas. Il lui arrivait même d'échafauder des théories selon lesquelles, par définition, les imitateurs manquaient d'ego, se trouvaient, dans la vie, une place de substitut, de doublure. Mais il ne voulait pas faire couler l'association. Il décida de se donner une dernière chance. Si la visite miraculeuse de Chozène déclenchait un bouche à oreille mondain et attirait du public, il continuerait. Sinon, il tirerait sa révérence.

Il fit quelques pas lourds, se remémora les détails du spectacle, roula dans sa gorge, en sourdine, la voix de Chevènement, qui le détendait, et sursauta violemment quand une main se posa sur son épaule.

— Pardon de vous avoir effrayé, s'excusa Chozène.

Il l'avait attendu au coin de la rue, la lueur du réverbère lui creusait les joues.

— Il faut absolument que je vous parle, reprit-il. Si je ne le fais pas ce soir, je n'y arriverai jamais. J'abuse, mais… accepteriez-vous de poursuivre cette conversation chez moi ?

D'un mouvement de menton, il désigna un taxi garé un peu plus loin.

Ils se turent, tout le long du trajet. Le moteur hybride et la conduite souple du chauffeur approfondissaient encore le silence. Baptiste se concentra sur le paysage nocturne. Il ne prenait jamais le taxi, pas les moyens. En soi, c'était une aventure. Il parvint aussi à mettre en sourdine les spéculations qui l'assaillaient. Il se passait quelque chose, et c'était rare. Une vieille chanson des années 2000 lui revint en mémoire :

On dit le contraire, mais hélas
En vérité rien ne se passe
Rien ne vient fracasser la glace
Où l'on glisse.

Il fredonna, retrouva la voix du chanteur mais pas son nom. À peine sorti de l'adolescence, il possédait une conscience aiguë de la finitude et de l'urgence. Il savait que des vies entières pouvaient se dérouler sans événement. Celle de ses grands-parents, qui habitaient dans une petite ville du Cher, était rythmée par la télé, le jardin, l'ouverture et surtout la fermeture des volets électrique, à heures fixes, été comme hiver. Le ronronnement des volets électriques lui avait déclenché très tôt des crises d'angoisse, quand, par malheur, on l'envoyait passer quelques jours chez eux, pour les vacances. Vivre à Paris, pour lui, signifiait fuir le vide, laisser loin derrière lui le cauchemar des périphéries, des dimanches passés à errer avec quelques potes sans relief dans les rues désertes des zones pavillonnaires.

À un feu rouge, il eut le temps de lire, au coin d'un bâtiment, qu'ils s'engageaient dans la rue Juliette-Lamber. Des bâtisses haussmanniennes, mais il n'en fut pas certain. Ses connaissances architecturales étaient vraiment trop lacunaires. D'épaisses façades grises, en tout cas, pas de boutiques à part une pharmacie, tout au bout, du résidentiel bourgeois, un quartier de vieux. Chozène lissait la bretelle de sa sacoche.

Le taxi les déposa trois rues plus loin, devant l'entrée d'un immeuble sans particularité. Ils se turent encore dans l'ascenseur où Baptiste observa la nuque de l'auteur, à la dérobée, dans le miroir. Il se sentait heureux, pour une fois, de n'avoir pas à faire ses preuves. C'était Chozène qui, visiblement, se préparait à un entretien délicat. L'ascenseur les déposa au quatrième et l'écrivain introduisit Baptiste dans le vestibule de son appartement.

Il eut du mal à apprécier l'importance de ce moment, à cause de la fatigue et de la vodka. Ses sens enregistraient des détails à raconter plus tard, l'immensité du salon, les livres partout, le désordre, les meubles, les tapis, les objets rapportés de tous les coins du monde. Il se souvint que Chozène voyageait. Des machines à écrire, deux canapés d'angle et trop de fauteuils.

— Je vous sers quelque chose ?

Son hôte avait déjà débouché une grosse bouteille brune et se versa un verre. Baptiste déclina d'un hochement de tête aussi poli que possible. Il commençait tôt le lendemain et devait rédiger un argumentaire persuasif pour une nouvelle gamme de surgelés italiens. Chozène avala quelques gorgées et s'affala dans un crapaud, invitant d'un geste son invité à l'imiter. Il déboutonna les deux premiers boutons de sa chemise.

— Je dois vous paraître complètement givré, non ?

La question était sincère. Les yeux profonds et inquiets de Chozène ne quittaient pas le visage de Baptiste qui se fendit d'un sourire encourageant et répondit n'importe quoi.

— Au contraire !

Chozène haussa un sourcil perplexe mais décida de poursuivre.

— J'avais réfléchi à ce que je voulais vous dire mais maintenant, bien sûr, ça me paraît absurde. Je ne sais plus par quel bout commencer.

Il finit son verre, garda un moment l'alcool dans sa bouche et avala en grimaçant.

— Bon voilà. Donc. J'écris un livre. Un livre difficile.

Baptiste s'efforça de ne pas se laisser distraire par la voix onctueuse de Chozène qui alignait des phrases succinctes, d'abord embarrassées puis de plus en plus fluides. Les premières images se formèrent dans son esprit. Une balançoire. Ou plutôt une balancelle. S'il voulait imiter Chozène, il faudrait qu'il se figure une balancelle dans un jardin, la nuit.

L'auteur parlait de ce livre difficile qu'il écrivait, un livre plus personnel que les autres, plus autobiographique. Pour la première fois, il abordait la première personne et c'était comme explorer une nouvelle dimension. Baptiste acquiesçait de temps en temps. La fatigue lui pesait sur les yeux, la voix de Chozène possédait des vertus hypnotiques. Il n'avait allumé qu'une lampe, une très belle lampe d'architecte, probablement un objet ancien, posé sur un guéridon. La pièce était ornée de nombreux bibelots qui luisaient dans la phosphorescence bleuâtre des grandes fenêtres. Quelqu'un venait sans doute faire le ménage. Chez

Baptiste, une tonne de linge sale attendait de descendre à la laverie. Qu'avait dit Chozène ? Il montrait son téléphone, qu'il venait d'extirper de sa sacoche.

—Vous n'imaginez pas, répéta-t-il en agitant l'objet.

—Excusez-moi, hasarda Baptiste, je ne suis pas sûr de vous suivre.

Il avait perdu le fil. Mais Chozène, lui-même accablé par le caractère inextricable de sa requête, ne parut pas lui en tenir rigueur.

—J'ai compté. Une dizaine d'appels. Chaque jour. Jusqu'à vingt, parfois.

Il se tut. Baptiste fronça les sourcils et réfléchit. Lui-même ne téléphonait jamais à personne. Horreur de ça. Les voix déformées, inaudibles. Et on l'appelait peu. Sa mère, souvent. Mais ce n'était pas la question. Il revint à Chozène qui le fixait d'un air étrange, presque suppliant, les doigts crispés sur son portable.

Alors il comprit et quelque chose lui monta dans la gorge, à mi-chemin du fou-rire et du sanglot.

—Vous voulez que je réponde à votre place ! En me faisant passer pour vous !

Chozène hocha imperceptiblement la tête, trop vite, comme s'il escomptait, d'un même mouvement, confirmer l'hypothèse de Baptiste et en déplorer l'incongruité. Son silence parut changer de nature, il devint aussi expressif qu'ambigu, dubitatif et suppliant.

—C'est débile, hein ? finit-il par lâcher.

Le mot, à nouveau, surprit Baptiste que les textes de Chozène n'avaient pas habitué aux facilités de vocabulaire. L'écrivain se leva péniblement et se resservit.

—Je m'en doutais, que c'était débile. Ça m'est venu comme ça, d'un seul coup, vous voyez, comme une illumination. Quelqu'un pour prendre les appels, un imitateur. C'est là que j'ai cherché sur Internet.

Baptiste comprit qu'il avait sans doute été choisi parce qu'il était totalement inconnu. Chozène avait assisté au spectacle pour se rendre compte, ou peut-être juste dans l'intention de lui parler après. Il espéra n'avoir pas trop démérité. L'auteur devina ses pensées.

— Vous êtes très bon. Sincèrement.

Baptiste commençait à entrevoir l'idée. Elle lui paraissait débile, en effet, mais très excitante. Un vrai défi. Se faire passer pour un écrivain, lui octroyer ce dont il avait le plus besoin, du temps et du silence.

— Mais pourquoi vous n'expliquez pas aux gens qu'il faut vous laisser tranquille ? Le temps nécessaire à l'écriture ?

Cette question ragaillardit Chozène. Elle signifiait que le jeune homme n'avait pas d'emblée refusé d'examiner son plan. Elle lui conférait un début de vraisemblance. Partagée par deux personnes, une idée débile commence à prendre corps, un peu comme la subdivision initiale des gamètes. Il avait trop bu.

— Vous n'imaginez pas, geignit-il. Personne ne vous laisse tranquille. Les amis, ma fille, mon éditeur. Personne ne se rend compte. Il faut répondre, tout le temps, répondre, répondre, répondre…

Baptiste perçut une véritable angoisse dans l'intonation de Chozène.

— Et même si vous éteignez le téléphone, vous écoutez les messages, le soir.

— C'est ça ! s'écria Chozène un peu trop fort. J'écoute les messages !

Il esquissa un geste en direction de Baptiste, comme s'il allait le prendre dans ses bras. Il paraissait transporté par l'euphorie d'être enfin compris.

— Des dizaines de messages, des problèmes, des difficultés, des demandes.

— Ça vous prend la tête.

Chozène afficha une moue surprise, comme s'il ne connaissait pas cette expression mais qu'elle lui semblait tout à fait appropriée.

—Pour se remettre au boulot après… gémit-il en montrant une vieille Remington posée de biais sur un secrétaire.

Baptiste réfléchissait. Il entrevoyait le projet. Le romancier lui remettrait son téléphone le temps qu'il faudrait pour achever le livre. Il se ferait passer pour lui. Techniquement, c'était jouable.

—Mais que voulez-vous que je réponde aux gens ? Je ne les connais pas.

Chozène était visiblement soulagé d'être arrivé aussi loin, et sans encombre, dans l'exposé de sa stratégie.

—J'y ai pensé. Je me suis… écouté parler au téléphone.

—Et ?

—Je ne dis presque rien. J'approuve. Je confirme. J'encourage. Des fois je mange un truc en même temps.

Il lança un regard coupable au jeune homme.

—Je me suis aperçu que les gens m'appelaient presque toujours pour me parler d'eux. D'eux-mêmes. Ils ne me posent aucune question. Ils… s'épanchent. Ils ont besoin d'une oreille. La mienne. Je dois avoir un côté psy.

Baptiste remua légèrement les mâchoires, pour mieux penser. Pourrait-il imiter cette oreille ?

—Vous n'avez pas vraiment répondu à ma question, s'enhardit-il.

Chozène traversa vivement la pièce, son verre à la main, ouvrit le tiroir d'une commode et revint, chargé d'un épais classeur qu'il remit à Baptiste.

—Qu'est-ce que c'est ?

—Ma vie.

D'un geste, il l'invita à consulter le document. Il était constitué de fiches bristol couvertes d'une écriture fine et serrée. Cette calligraphie nerveuse mais très lisible émut Baptiste.

—Chaque page correspond à une personne. Elles sont classées par ordre alphabétique. J'y ai inscrit les points importants la concernant. Et aussi, eh bien, les sujets que nous abordons, en général.

Baptiste feuilleta les fiches, discerna, dans la demi-pénombre, des patronymes en majuscule.

—C'est un peu comme une bible, vous savez, dans les séries télé, expliqua Chozène. L'écrit de référence auquel les scénaristes doivent se reporter.

Baptiste, parfaitement réveillé, à présent, continua de parcourir les feuillets. Il y en avait des dizaines. Une question le frappa :

—Attendez, vous l'avez rédigée quand, cette bible ?

Chozène remua une main.

—J'ai commencé il y a longtemps. Pour faire le point. J'ai tendance à oublier ce qu'on me raconte et aussi…

Il parut soudain gêné.

—Vous vous êtes dit que ça pourrait vous servir pour vos romans.

L'écrivain esquissa un sourire timide.

—L'inspiration, vous savez, ça ne tombe pas du ciel. Pas dans mon cas, du moins.

Baptiste referma le classeur et en caressa la couverture de carton rugueux. Une émotion puissante le traversa.

—Monsieur Chozène…

—Vous ne voulez pas m'appeler Pierre ?

—Je… Vous ne vous rendez pas compte ! On ne se connaît pas ! Vous êtes prêt à me confier votre vie, comme ça, juste pour vous dégager du temps. Mais je pourrais, je ne sais pas, vous faire chanter, balancer des trucs sur les réseaux…

Le romancier parut stupéfait. Il n'avait pas envisagé cet aspect de la question.

— Vous feriez ça ?

— Bien sûr que non, mais…

Chozène tourna en rond un long moment, entre les fauteuils, son verre à la main, les yeux fixés sur les motifs du tapis.

— Il n'y a rien de vraiment secret, dans ces fiches. Rien de honteux. Ce sont des données très factuelles. Et même si vous révéliez leur existence…

Il signifia, d'un geste fatigué, que cela ne lui semblait pas constituer un risque majeur.

— Au pire, quelques relations superficielles prendraient la mouche et ne m'adresseraient plus la parole. Un mal pour un bien. Mais de toute façon, je peux vous faire confiance, n'est-ce pas ?

Baptiste perçut l'intensité du regard de Chozène et comprit qu'il ne pourrait pas différer longtemps sa réponse. Il fallait qu'il décide tout de suite. C'était vital. *Un livre plus important que les autres.* Et ce livre dépendait de lui.

— J'accepte, dit-il. Bien sûr, que j'accepte.

C'était incontestable, maintenant. Il se passait quelque chose.

Dès le lendemain, il regretta.

Enthousiasmé par le caractère totalement inédit de sa mission et par le salaire faramineux que lui avait proposé Chozène (en espèces, si ça vous arrange), il appela Vincent pour lui annoncer qu'il renonçait à se produire sur scène, alléguant des motifs de conscience bien compréhensibles. De toute façon, il lui restait deux dates et leur contrat était très informel. Vincent combattit sa décision plus mollement qu'il ne l'aurait espéré et lui souhaita bonne chance pour la suite.

Ce fut plus compliqué avec l'agence d'intérim. Une voix aigre lui infligea des objections mais il savait qu'ils n'auraient aucun mal à le remplacer et il finit par raccrocher au nez de son interlocutrice. En deux coups de téléphone, il venait de scier les deux branches sur lesquelles il était inconfortablement perché. La gueule de bois n'aidait pas, pour les métaphores. Il était libre.

Mais il regretta.

Parce que, pour la première véritable fois de sa vie, une voix lui résistait. Il eut beau se concentrer sur l'image de la balancelle, écouter pendant des heures toutes les archives sonores de Chozène disponibles, il ne parvenait à produire qu'un pastiche grossier. Il s'enregistra, c'était pire.

Découragé, il abandonna et parcourut la bible de l'auteur, ouvrant le classeur au hasard.

Il reconnut plusieurs noms prestigieux du monde de l'édition, de la politique et du show-business. L'idée qu'il pourrait, au débotté, être amené à tutoyer un ancien secrétaire d'état ne l'aida pas à trouver la sérénité nécessaire à son art. Quoi de pire, se dit-il, qu'un mauvais imitateur ? C'était une double imposture.

Il tomba sur la fiche d'Elsa Chozène, la fille de l'écrivain. Il la googla. Une beauté. Une vraie beauté. Des yeux, mon dieu. Elle avait son âge, vingt-sept ans. Et dans quelques jours, s'il se donnait un peu de mal, elle l'appellerait papa.

Elsa gâche son talent, avait écrit Chozène. *Elle devrait se consacrer entièrement à la peinture au lieu de perdre son temps à écrire des articles alimentaires. S'efforcer de le lui faire comprendre. La convaincre d'accepter mon aide financière. Pourquoi est-elle si orgueilleuse ?*

Il sourit. Chozène avait une conception assez lâche du factuel.

Il la googla derechef, plus finement, et découvrit que la jeune femme était en effet pigiste pour différents magasines, sous pseudonyme. Il fut d'accord avec son père. Ses articles étaient alimentaires.

— Elsa, ma petite, prononça-t-il dans le silence de son appartement en foutoir, tu dois croire en ton talent. Occupe-toi de peindre. L'art est long et la vie courte.

Il la googla encore, en quête de ses tableaux. Elle avait un site personnel, assez mal conçu où il put se faire une idée de son travail. Une fois de plus, Chozène avait raison. Elle était douée. Il remarqua qu'elle peignait exclusivement des portraits d'hommes et des paysages vides. Technique mixte, huile, acrylique, aquarelle et fusain.

Une autre fiche, intitulée *Maman* lui serra la gorge. Chozène l'avait barrée d'un long trait oblique et indiqué en bas de page : décédée le 11 mai 2013. Il n'osa pas lire les informations mais se renseigna sur l'âge de Chozène : 55 ans. Il trouva la fiche *Papa*. Apparemment, celui-ci était toujours en vie.

Comment lui parler ? avait simplement noté l'écrivain.

En début de soirée, son portable sonna. C'était Chozène. Il fixa longtemps l'écran et choisit de ne pas répondre. Le romancier ne laissa pas de message. Baptiste se remit au travail, jusqu'à l'enrouement et s'endormit au milieu de la nuit, concentré sur l'image de la balancelle.

Au matin, il se sentit mieux et procéda à quelques essais de voix. Il commença par reproduire, telles quelles, quelques phrases prononcées par Chozène dans des interviews. « Le roman, pour moi, c'est d'abord une musique, ou une chanson, des paroles sur une mélodie », « Je déteste parler de moi, mais il faudra bien que je m'y mette un jour », « Non, je ne m'inspire absolument pas des personnes qui m'entourent ».

Puis il monologua, pour tester sa première version de la voix de Chozène : « J'aurais dû demander une avance, je n'ai même pas de quoi me nourrir, il va vraiment falloir que j'emporte ce linge à la laverie. »

Nul. Absolument lamentable. Il produisait un affreux mélange de Dave et de Macron. Un tel blocage, c'était forcément psychologique. Il tournait en rond quand l'écrivain le rappela.

— Bonjour Baptiste. Vous avancez ?

Sa question vibrait d'un espoir si intense, si enfantin, qu'il n'eut pas le courage de briser ses illusions. Il gagna du temps.

— Lentement. Vous n'êtes pas facile, vous savez.

Il perçut un petit rire. Copier un rire était une gageure.

Peu d'imitateurs s'y risquaient. Celui de Chozène était voilé, presque rauque. Un rire complexe.

—Je le prends comme un compliment.

—Accordez-moi encore un peu de temps.

—Bien sûr, bien sûr ! Je vous laisse travailler.

Accablé, il s'assit sur son lit et feuilleta de nouveau la bible. Il lut la fiche de Jacques, l'éditeur de Chozène. *A toujours veillé à ne pas confondre amitié et indulgence. S'efforcer de lui en savoir gré.*

Ça ne fonctionnerait jamais. Comment pourrait-il être crédible une seconde, en tête à tête avec les sommités fréquentées par un prix Goncourt ? Il ne s'agissait pas seulement d'imitation. C'était une véritable mission d'infiltration, comme dans les polars. Il lui aurait fallu connaître intimement l'écrivain, l'écouter s'entretenir avec ses partenaires habituels, reproduire ses tics, repérer ses locutions favorites, ses vocables de prédilection. Déjà, la veille, il avait été surpris de l'entendre utiliser « débile ». Que concédait-il au parler de l'époque ? Disait-il voilà ? Disait-il du coup ? Se délectait-il d'archaïsmes ou de citations, d'allusions littéraires ? Baptiste avait beaucoup lu, pour son âge, mais il ne possédait pas la culture encyclopédique de son modèle, réputé pour son amour des grands classiques. Un blog affirmait qu'il connaissait par cœur des pages entières de *Bouvard et Pécuchet.*

Le découragement, comme souvent, finit par lui donner une idée. Il fouilla dans sa bibliothèque et retrouva son exemplaire corné du *Voyage d'été.* Il s'y replongea.

Les phrases de l'auteur, tout à coup, lui semblèrent nouvelles. Il imaginait la belle voix de Chozène les modulant sans hésitation. Il fut sensible au rythme, à la diversité des attaques, à la mélancolie légère qui teintait l'ironie, au souffle.

Quand il referma le livre, deux heures plus tard, il refit un essai, en lisant le début à voix haute.

Le résultat fut étonnant. On y était presque. Il recommença, se concentra sur la balancelle au clair de lune. Peu à peu, il lâcha prise et se laissa porter. Quand la nuit tomba, hébété, la gorge en feu, il sut qu'il avait réussi. Il composa le numéro de Chozène.

— Pardon de vous déranger pendant votre travail…

Nouveau rire voilé, dans l'appareil.

— Vous y êtes ?

— Je crois.

— Venez. Tout de suite. En taxi. Je règlerai la course.

Le crépuscule déversait ses ors dans le salon de Chozène quand Baptiste y pénétra. L'écrivain paraissait plus épuisé encore que la veille. Il portait une chemise très blanche, à demi rentrée dans sa ceinture, et d'épouvantables pantoufles.

— Huit coup de fils aujourd'hui, annonça-t-il, funèbre. Je n'ai pas répondu mais l'appareil, vous savez, tient les comptes.

Il prononça ces mots avec un désespoir sévère,.

— J'ai relu *Le Voyage d'été,* l'informa joyeusement Baptiste. Ça m'a aidé. Vous me le dédicacerez ?

La bonne humeur du jeune homme ragaillardit Chozène qui se servit un petit verre, oubliant complètement d'en proposer à son hôte.

— Vous me faites une démonstration ?

Baptiste se raidit en prenant conscience qu'il allait jouer devant le public le plus exigeant de sa carrière. Sans pouvoir tricher.

— Justement, répondit-il. J'ai apporté le livre.

Chozène l'encouragea, d'un mouvement de verre. Baptiste ouvrit le roman au hasard et se lança dans la lecture. Il était question d'un aéroport où un personnage errait, en attendant son avion. C'était une description magnifique, sobre et tendue, drôle et désespérée. Dans son esprit, les images suscitées par les mots se superposaient à celles de la balancelle. Il garda les yeux fixés sur les lignes et continua jusqu'au moment où l'appareil décollait.

Puis il ferma les yeux, inspira longuement, les rouvrit et regarda Chozène.

Apparemment, celui-ci n'avait pas bougé, mais son verre était vide. Il se passa plusieurs fois la langue sur les incisives. Baptiste la vit remuer, sous les lèvres closes. Chozène esquissa une moue indéchiffrable et se mit en marche vers l'autre extrémité de la pièce, légèrement courbé comme sous le poids d'un gros sac à dos, serrant son verre des deux mains. Baptiste le regarda s'éloigner puis, d'un pas lourd, revenir vers lui.

—Je ne suis pas sûr que ce soit une si bonne idée, murmura le romancier.

Baptiste déglutit. Il avait été bon, il le savait. Au début de sa carrière, il s'était trompé, avait réussi à se persuader qu'il imitait parfaitement quelqu'un avant de déchanter quand son auditoire (sa mère) ne reconnaissait pas la personne. Un peu comme un peintre qui, scrutant d'un œil neuf, le portrait qu'il croyait ressemblant la veille, s'aperçoit que son enthousiasme l'a fourvoyé. Mais il avait appris à se méfier de lui, savait que l'oreille est toujours trop complaisante dans les premiers moments et quand il estimait que son travail était abouti, il ne se trompait plus.

—Quoi ? osa-t-il, ça ne vous plaît pas ?

Il s'était rarement senti si humilié.

—Le problème n'est pas là, tempéra Chozène, peiné. Ce n'est pas moi, c'est tout.

Il ouvrit la bouche pour ajouter, peut-être, qu'il allait défrayer Baptiste, l'aider à trouver un engagement quelque part, mais s'abstint.

— C'est normal, insista le jeune homme. On ne reconnaît jamais sa propre voix. C'est comme quand on écoute un enregistrement.

Chozène hochait négativement la tête en se resservant. Baptiste, gagné par l'exaspération, repensa à sa pile de linge sale.

— Passez-moi votre téléphone.

Perplexe, Chozène obéit. Baptiste ouvrit la liste des appels en absence et, d'un coup de pouce, appela le premier sur la liste. Fixant crânement l'écrivain, il mit le haut-parleur.

Il blêmit et faillit raccrocher en s'apercevant qu'il était en train de téléphoner à Elsa.

— Papa ? C'est sympa de me rappeler.

Il se racla la gorge.

— Oui, désolé de ne pas avoir répondu, je... je travaillais.

Chozène le scrutait maintenant, fasciné, et reposa son verre sur un guéridon.

— Tu avances bien ?

L'auteur et son imitateur se figèrent. Un demi-sourire déforma la joue droite de Chozène. Baptiste toussota et répondit.

— Pas trop mal.

— Tu ne veux vraiment pas me dire de quoi ça parle ?

Chozène s'écroula dans un sofa et entreprit de rentrer complètement sa chemise dans son pantalon.

— Non, tu sais bien. C'est secret. Et toi... Tu... tu peins ?

Soupir, à l'autre bout du fil. L'écrivain, à présent, dardait sur Baptiste des yeux inquiets.

— Pas trop le temps, en ce moment. J'ai deux sujets à finir, des articles de fond.

Chozène grimaça.

— Tu sais que je connais au moins trois galeristes qui t'exposent demain, si tu veux.

Elle rit. Un petit rire érotique, très différent de celui de son père qui, maintenant, s'était relevé et arpentait la pièce à grands pas.

— Je sais, papa, tu me l'as déjà dit. Je m'y remets dès que possible.

— Tu avais… quelque chose de particulier à me dire ?

— Je voulais savoir comment tu allais. Tu bois trop, quand tu écris.

Chozène leva les yeux au ciel et fit le geste de raccrocher.

— Ne t'inquiète pas. Je t'embrasse.

— Moi aussi, papa.

La conversation prit fin et fut suivie d'un long silence.

— Alors ? demanda Baptiste, un sourire triomphal aux lèvres.

— Comment vous avez su, pour les galeristes ?

Le jeune homme se sentit soudain épuisé et se laissa tomber dans un fauteuil.

— J'ai parcouru votre bible et j'ai improvisé. C'est bien ce que vous vouliez, non ?

Chozène approuva vigoureusement. La nuit avait fini par tomber et il ralluma la grosse lampe d'architecte. Baptiste le laissa examiner mentalement toutes les perspectives que cette première conversation venait d'ouvrir. Le romancier semblait à la fois enthousiaste et inquiet.

— Je suis très impressionné. Vous êtes engagé, bien sûr. Mon Dieu… c'est extraordinaire. Vous croyez que vous allez pouvoir rappeler les sept autres personnes ? Dès ce soir ? Je n'aime pas… accumuler du retard.

Baptiste inspecta la liste des appels.

— Il y a votre éditeur. Je ne voudrais pas commettre d'impair.

— Non, aucun risque. Dites-lui que vous… que j'avance. Et écoutez-le.

— Et… Nathalie ?

— Mon ex-femme. Elle me réclamera certainement de l'argent. Atermoyez.

Un peu plus tard, Chozène lui remit une grosse enveloppe bourrée de billets et lui réserva un taxi. Il lui confia solennellement son téléphone, comme s'il se débarrassait, après de longues années, d'un bracelet électronique.

— Mais si vous avez besoin d'appeler quelqu'un ? En cas d'urgence ? s'inquiéta Baptiste.

Avec un sourire d'enfant, le romancier lui montra un autre appareil, un modèle très laid, bas de gamme.

— Un portable avec une carte prépayée, vous savez ? Comme dans les séries policières. Je vous ai mis le numéro dans l'enveloppe. Personne d'autre ne le connaît. Ne l'utilisez qu'en toute dernière extrémité. Bon courage, Baptiste. Vous me sauvez la vie !

Et, avec une impatience mal dissimulée, il le raccompagna jusqu'à l'ascenseur.

Au moment de remonter chez lui, Baptiste s'aperçut qu'il mourait de faim. Il tâta l'enveloppe dans la poche de sa veste et fit un crochet par l'épicerie ouverte jusqu'à minuit. Une allégresse légère le traversait par petites ondes bourdonnantes. Le monde lui semblait infiniment plaisant et cordial. Les gens l'intéressaient. Il jeta dans son panier des aliments gras, régressifs, des choses en sauce, des sodas.

La caissière se prénommait Cynthia. Son prénom s'encadrait sur son sein gauche. Il lui sourit et elle fronça un peu sa narine, traversée d'un piercing. Les denrées parurent la surprendre mais elle les scanna sans commentaire et lui rendit la monnaie de son gros billet. Baptiste se fendit d'un « Merci beaucoup » appuyé et d'un « bonsoir » excessif. Il aurait aimé lui offrir un verre, juste pour partager sa joie, pour que le monde et lui soient au diapason.

Puis il se rappela qu'il avait du travail. Sept appels.

Il commença par l'éditeur, qui se répandit en anecdotes auxquelles Baptiste ne comprit pas grand-chose. Il capta quelques noms et se contenta de ponctuer le monologue de son interlocuteur en mâchant des barres chocolatées.

— Tu ne me diras rien sur ton texte en cours ? entendit-il soudain.

Il prit le temps d'avaler.

— Tu sais bien… éluda-t-il dans un souffle.

— Oui, je sais, je sais, mais quand même, Pierre, ça fait quoi, vingt ans qu'on bosse ensemble ? Tu pourrais au moins me donner un petit quelque chose.

— Quand j'aurai avancé davantage.

Silence, un peu inquiétant. Avait-il commis une erreur ?

— Tu as picolé, Pierre ?

Il se mit à transpirer. L'éditeur paraissait perplexe.

— C'est la première fois que tu ne m'envoies pas balader. La première fois. Ça me fait plaisir, vraiment.

— C'est un livre… difficile. Important, je crois.

Nouveau silence.

— Bon. Je te laisse écrire. J'ai hâte. C'est rare, hein, qu'on se cause ? Ça m'a fait plaisir.

Et il raccrocha sans attendre de réponse. Baptiste avait moins faim. Il passa directement à Nathalie, l'ex-épouse , ouvrit la bible à la page qui lui était concernée. *Nathalie et moi, un long malentendu. Son obsession de l'argent m'attriste. Ne jamais revenir sur le passé. Ne pas prêter le flanc.*

À quoi ?

— Oui ? C'est toi, Pierre ?

Une voix charnue, agressive mais qui rappelait celle d'Elsa.

— Bonsoir Nathalie.

— C'est quoi, ce ton solennel ?

Elle rit longuement, et il écarta le combiné de son oreille. Il allait falloir qu'il achète un kit mains libres. Le rire de Nathalie l'attrista. Il y perçut une rancœur pénible, l'écho d'une familiarité malheureuse. Il fut gêné de recueillir ce rire déchiré, qui ne lui était pas destiné.

— Je ne m'en sors pas, Pierre.

Coinçant l'appareil entre sa joue et son épaule, il attrapa son ordinateur et lança une recherche sur Nathalie Chozène. Il ne trouva pas grand-chose. Elle avait publié un livre dix ans plus tôt, qui n'avait eu aucun succès. Il obtenait une note moyenne de 4,5 sur Babelio, pour une douzaine de votants. On retrouvait sa trace dans l'événementiel, une petite société qui gérait des cocktails et des colloques. Deux ou trois photos montraient Nathalie levant un verre avec un sourire sec.

— Je ne vais pas encore revenir là-dessus mais l'indemnité compensatoire a été sous-estimée par l'avocate. Tu veux que je prenne un HLM à Aulnay ?

Il faillit raccrocher. Cet échange dépassait le cadre – tout à fait flou – de ses attributions. Puis il eut une inspiration.

— Excuse-moi, Nathalie, j'ai un autre appel. Je te reprends dans cinq minutes.

— Un autre appel ? Je rêve !

Il manipula maladroitement l'appareil, finit par trouver comment couper le micro puis appela Chozène avec son propre téléphone. Il transpirait, redoutant à tout instant d'appuyer sur la mauvaise touche et de commettre une erreur irréparable.

— Oui, Baptiste ? Un problème ?

— J'ai votre femme en ligne. Elle veut une augmentation de l'indemnité compensatoire.

— Oui, c'est normal. Noyez le poisson.

— Mais comment voulez-vous…

— Écoutez, Baptiste, c'est justement pour ça que je vous paye, vous comprenez ? Je suis sûr que vous allez vous en sortir. Par contre, évitez de me déranger. On fera le point de temps en temps. Je vous tiens au courant.

Il raccrocha. Baptiste demeura hébété un long moment, fixant les deux téléphones. À ses pieds, sur la moquette, le sac plastique de l'épicerie gisait, répandant ses provisions. Un Choco BN l'observait en souriant.

— Excuse-moi, Nathalie. Qu'est-ce qu'on disait ?

— Il y a quelque chose, dans ta voix. Tu as quelqu'un d'autre ?

— Nathalie…

— Ça me fait drôle de t'entendre prononcer mon prénom. C'est… tellement rare.

Brusquement, elle éclata en sanglots qui devinrent vite convulsifs. Puis elle raccrocha. Baptiste attendit un peu et croqua dans le Choco BN. Pour éviter de trop réfléchir il s'attaqua au numéro suivant, sur la liste. Le journal des appels mentionnait simplement « Arsène ». Se reportant à la Bible, il eut un coup au cœur.

L'Arsène en question était Arsène Forgeard, un jeune réalisateur qu'il admirait depuis son premier film. *Cinéaste de talent mais mes bouquins ne sont pas faits pour l'écran. Refuser sans lui faire de peine.*

Invraisemblable ! Chozène se payait le luxe d'envoyer balader Forgeard. Il termina le BN et appela.

— Pierre ! Je suis ravi de vous entendre ! J'ai une nouvelle mouture du scénario pour *L'Expédition.* Je suis sûr que ça va vous plaire, cette fois.

Baptiste frémit. Il mesurait seulement maintenant que la bible et le répertoire de l'écrivain constituaient une voie d'accès royale au gotha germanopratin, auquel Chozène paraissait parfaitement indifférent. Baptiste connaissait des tonnes de types qui auraient payé très cher pour obtenir ces numéros.

— Bonsoir Arsène. Vous savez, on a déjà discuté de…

— Oui, oui, mais je veux vous convaincre. Vous pensez que vos romans ne sont pas transposables parce que, jusqu'ici, mes scripts étaient mauvais.

— Ils ne sont pas mauvais du tout. Ce sont deux langages…

— S'il vous plaît, Pierre, rien qu'un coup d'œil sur les premières pages. Je vous envoie le PDF.

— Je suis sur quelque chose, en ce moment. Je ne peux pas me disperser. Accordez-moi un délai. Un mois ou deux.

Baptiste entendit la déception silencieuse d'Arsène. Il éventra discrètement un paquet de chips goût bacon, en fourra deux dans sa bouche et reprit :

— Vous savez, j'ai adoré *Les Circuits électriques*. J'ai même acheté le DVD.

Ce qui était rigoureusement exact.

— Ah bon ? Mais je vous l'avais envoyé.

Baptiste embraya.

— Dites, c'est vrai ce qu'on raconte sur Julia Lambert et Pavel Alévitch ? Ils sont ensemble ?

Arsène éclata de rire.

— Ça alors, Pierre, c'est la meilleure. Je ne connaissais pas votre côté people. Oui, ils sont ensemble. Gardez-le pour vous.

— Promis. À très bientôt, Arsène, je vous rappelle dans deux mois.

Il s'affala sur son lit et lâcha l'appareil, épuisé.

Il consulta son propre journal d'appel. Il y en avait deux. Sa mère et Estelle. Cette dernière avait laissé un message lui demandant de passer quand il pouvait, signer un papier pour l'Urssaf. Il était déjà tard. Trop tard, sans doute, pour contacter les autres correspondants du romancier. Peut-être pouvait-il contrevenir à la courtoisie obsessionnelle de son employeur en ne les rappelant pas. De toute façon, il allait nécessairement inaugurer des changements dans la vie du grand homme. Il venait de constater que ses interlocuteurs interprétaient la moindre inflexion, la plus petite hésitation et les chargeaient d'intentions que Baptiste ne pouvait ni anticiper ni contrôler. Un monosyllabe, un raclement de gorge, un soupir étaient accueillis comme des augures. Il éplucha un Mars. Était-ce une façon honorable de gagner sa vie ? Doublure vocale. Pas plus indigne que de nettoyer des bureaux ou de mener des enquêtes de satisfaction. Il avait fait les deux. Et bien d'autres choses épuisantes, matinales ou nocturnes, dominicales, répétitives. Au moins, il pouvait rester chez lui, perfectionner son répertoire et bosser au lit. Sans compter qu'endosser provisoirement la vie d'un glorieux quinquagénaire, à son âge, n'était pas donné à tout le monde. Sa mère l'interrogeait souvent sur sa vocation d'imitateur. Il répondait que c'était un peu comme jouer aux marionnettes sans les mains. Elle craignait que ce fût un signe d'irrémédiable immaturité. Il lui donnait raison. Le téléphone de Chozène sonna. Une sonnerie brutale, de sortie d'usine, il la modifierait dès que possible. C'était Elsa.

— Papa ? Je te dérange ?

— Pas du tout ! Jamais ! Tout va bien ?

Il se mordit la lèvre. Le « tout va bien » était raté, surjoué, factice. Mais elle ne commenta pas.

Il la chercha sur Google images et l'afficha en plein écran.

Elle commença par une série de propos mal cousus d'où il ressortait qu'elle avait perçu chez son père, lors de leur dernier échange téléphonique, une attention inhabituelle. Il voulut protester mais s'en abstint. Elle avait juste besoin de parler. Il la mit sur haut-parleur, ouvrit silencieusement un tiramisu industriel et rouvrit la bible de Chozène à sa page. Après les considérations sur le talent artistique de sa fille, il avait noté des prénoms masculins, assortis de dates et, pour la plupart, biffés. ~~Laurent~~ (mars 2008 – janvier 2009), ~~Hugues~~ (février 2009 – mars 2009), ~~Laurent~~ (2 –

17 février 2009)… Il en compta une bonne douzaine et nota que le dernier, ~~Louis~~, avait achevé son règne quinze jours plus tôt. La plupart d'entre eux étaient accompagnés d'un adjectif : « prétentieux », « fourbe », « attendrissant », « dégueulasse » dont il se demanda s'ils indiquaient, les concernant, l'opinion du père ou celle de la fille. Il pencha pour la première hypothèse.

Distrait par cette lecture, il rata la première question qu'elle lui posa, dont il ne perçut, trop tard, que l'intonation montante.

— Je ne sais pas trop, hasarda-t-il.

Gros soupir, amplifié par le haut-parleur, qui fit vibrer une petite cuillère sur la table basse.

— Tu réponds toujours ça.

Un bon point. Il s'appropriait son personnage.

— Explique-moi mieux, tempéra-t-il.

— Il n'y a rien à expliquer. Cette fois, je sais que je suis vraiment amoureuse, c'est tout.

C'est tout. D'accord. Qu'attendait-elle de lui ? De son père ? Étaient-ils coutumiers de ces conversations ? A en juger par la liste de prénoms sur la fiche d'Elsa, certainement. Lui-même ne révélait pas à sa mère l'identité des filles qu'il courtisait, de peur qu'elle ne les invite à déjeuner un dimanche midi. Elle l'avait fait une fois, quand il était en première année de fac de psycho, avec une certaine Hélène que l'on n'avait jamais revue.

— Qu'est-ce que tu veux exactement, Elsa ? Un avis ?

Mauvais. Ton beaucoup trop tranchant. Et son prénom, il n'aurait pas dû le prononcer. Les prénoms produisaient un effet incontrôlable. De fait, elle se tut pendant plusieurs secondes.

— Oui, j'attends un avis. Tous tes romans parlent d'amour. Je suis la fille d'un spécialiste de l'amour. Et ce mec-là, tu le connais.

— Répète-moi son nom ?

— Je ne te l'ai pas encore dit.

— Je t'écoute.

Elle marqua une nouvelle pause, plus longue encore. Baptiste se sentait mal, contrarié, nauséeux. Il avait trop forcé sur les Pim's.

— Tu m'as déjà dit que tu l'appréciais.

— Elsa, tu sais que c'est un signe de grave névrose de demander son avis à son père au sujet de l'homme dont on pense être vraiment amoureuse ?

— Oui. C'est ta faute. Tu n'aurais jamais dû quitter maman au moment où je construisais ma personnalité affective.

— J'écoute.

Elle émit à nouveau son rire aphrodisiaque.

— J'aime bien, papa, tu as l'air en forme.

— J'écoute.

Nouveau silence, festonné de l'écho de son rire. Il perçut des pas. Elle se déplaçait sur un plancher sonore. Pieds nus, probablement. Il reprit un Pim's.

— C'est Gabriel Husson. Le journaliste. On s'est rencontrés à la soirée Vuitton. C'est lui qui m'a draguée.

Baptiste tapa ce nom dans la barre de recherche. Apparurent les photos avantageuses d'un jeune hipster souriant. Œil libertin, costards déstructurés, barbe de noctambule. Il s'agissait d'un critique littéraire branché qui émargeait dans plusieurs revues à la mode et signait une chronique hebdomadaire pour un magasine sociétal du câble.

— Que veux-tu que je te dise ? grommela-t-il.

— Il adore ce que tu fais, tu sais ? Il rêve de t'interviewer.

— Et tu ne trouves pas que ça sent la manipulation à un kilomètre ?

— Si, mais il est hyper beau.

— Elsa, j'ai vraiment beaucoup de travail.

— Je te laisse, papa. Je suis trop contente qu'on se parle. Bisous.

Bisous. Elle avait déjà raccroché. Baptiste fouilla dans le vide-poche, trouva un stylo et inscrivit, sur la fiche d'Elsa, le prénom Gabriel. Il faillit ajouter quelque chose mais se retint. Puis il éteignit le téléphone, jeta les emballages vides et se coucha, éreinté.

Il s'éveilla tard, agacé par un rêve âcre et idiot. Tout gisait autour de lui, des points l'élançaient. Sa première pensée fut pour Husson. Il rouvrit son ordinateur et parcourut quelques articles du jeune homme, agrandit des photos de lui. Le journaliste incarnait une certaine idée de la réussite. Sa prose témoignait d'une connaissance pointue de films générationnels et de romans calibrés pour les rentrées littéraires. Il pratiquait le clin d'œil érudit, maniait en virtuose le hashtag viral et la punchline feutrée. Sans vouloir se mêler de ce qui ne le regardait pas, Baptiste devina qu'Elsa connaîtrait à son contact des moments difficiles. Son devoir de père était peut-être de les lui éviter. Puisqu'on le laissait définir les contours de sa mission, il résolut d'en apprendre davantage sur Husson, afin de pouvoir fournir à Elsa un avis objectif et motivé.

En mâchant ses céréales chocolatées, il songea que son nouvel emploi lui octroyait du temps. Et puisqu'il était un travailleur nomade, il pouvait en profiter pour se balader un peu. Certes, Chozène écrivait chez lui, dans le silence luxueux de son vaste appartement. La vraisemblance voulait donc que Baptiste évitât de prendre les appels lorsqu'il se trouverait au milieu d'une foule. Mais rien ne l'obligeait à se tenir à la disposition des solliciteurs. Il pouvait même éteindre l'appareil toute la journée et ne rappeler que le soir. Le romancier lui faisait confiance, à lui de s'organiser.

Il poursuivit ses recherches sur Husson et découvrit que ce dernier avait ses habitudes dans un bar branché, près du Faubourg Saint-Denis, dans le 10ème. Chez Lucky. Un établissement qui proposait des craft beer, des jus bio et des parties de baby-foot dans un décor vintage et cosy. Il décida qu'il y ferait un tour dans la soirée. C'était un projet, presque un plan. Cette idée l'électrisa. Il ralluma le téléphone de Chozène et s'aperçut que celui-ci ne lui avait pas communiqué le code de déverrouillage. Avant de déranger l'écrivain, il essaya 0000. L'appareil se mit en route. Il avait aussi oublié de prendre le chargeur mais le sien était compatible. Ces deux petits coups de chance le réconcilièrent avec sa destinée. Tout lui apparut fantastique. En prenant sa douche, il écouta attentivement l'interview d'Elsa qu'il avait trouvée sur le Net et fit quelques timides essais vocaux. Il ferma les yeux jusqu'à ce que lui apparaisse une noix de cajou décortiquée. L'image mentale qu'il associerait désormais à la jeune fille.

Il imitait rarement les femmes, pour d'évidentes raisons techniques. Mais il savait, pour avoir lu les témoignages de grands professionnels, que c'était tout à fait possible, à condition de travailler la voix de tête. Si l'on ne s'en sert que pour singer la Callas, elle paraît toujours burlesque et rudimentaire. Mais il importe de l'entraîner comme un muscle et de lui faire atteindre, par paliers, la souplesse nécessaire. Toute l'astuce consiste à la pousser vers le grave, de façon à rendre imperceptible la délicate frontière entre tête et poitrine. Tous les chanteurs le savent. Mais les imitateurs paresseux se confinent dans leur tessiture, comme on se résume par manque d'imagination à un seul style vestimentaire.

La voix d'Elsa était à sa portée. Son timbre offrait des rondeurs de clarinette en La, surtout quand elle ralentissait pour réfléchir. Dans les moments passionnés – lorsqu'elle parlait des hommes dont les visages l'inspiraient – elle produisait de curieux échos cuivrés et s'assourdissait parfois dans les déclivités de la phrase. Un merveilleux paysage vocal, comme un bocage en bord de mer, avec des échappées, des lignes de fuite embrumées. Il répéta deux heures de suite, uniquement vêtu de sa serviette nouée en pagne, des citations choisies de la jeune fille, puis s'essaya à l'improvisation, concentré sur la noix de cajou : « Baptiste, j'adore ton appartement », « Baptiste, tu es adorable, comme ça, dans ta serviette », « Baptiste, tu as un cul d'enfer ».

Son propre prénom, modulé par la voix d'Elsa, l'excitait au plus haut point. Il fit prononcer à la jeune femme une longue déclaration d'amour à son intention, qu'il enregistra. Vraiment pas mal du tout. Troublant. Ensuite, il réalisa qu'il n'avait rien à se mettre.

S'il voulait boire un verre au Lucky, il fallait qu'il enrichisse sa garde-robe. Il compta les billets de Chozène, fit quelques calculs. En se calmant sur les sucreries, il pouvait investir dans une tenue potable. Le tout étant de ne pas ressembler à un clone low cost de Husson. Il étudia les costumes du gandin, agrandit les photos pour distinguer le détail des coutures. C'était du sur mesure, forcément. Pas dans ses moyens.

Contrarié, il éventra un paquet de madeleines au chocolat et s'en fourra deux dans la bouche. C'est alors qu'une idée lui vint. Il prit son propre téléphone.

— Salut Fanny, je te dérange ?

Fanny avait rejoint l'association de Vincent l'année

précédente, en qualité de costumière. Elle rêvait de haute couture après un BTS design de mode et, en attendant, écumait les friperies au jardin du Palais-Royal ou rue Tiquetonne, confectionnant sur commande des panoplies de parrain, de marquises, de marins, de traders ou de tueurs en série. Baptiste avait, jusqu'alors, admiré son travail sans s'y intéresser car sa sensibilité auditive, par une mécanique élémentaire altérait ses capacités visuelles au point de les oblitérer. Il voyait mal les gens, oubliait leurs visages, les confondait, mais percevait finement le nuage de vibrations, de gargouillis, de frottements spécifiques enveloppant leur corps. Il reconnaissait mieux quelqu'un au crépitement électrostatique de sa chevelure qu'à la forme de son visage. Ce qui ne l'avait pas empêché d'être tétanisé par les yeux d'Elsa.

— Pas du tout, Bape (Fanny l'appelait Bape, ou Bip, ou Bip-Bip, ou Coyote, elle n'aimait pas les identités fixes).

— Super. Tu me rendrais un service hyper urgent ? Je paie cash.

— Pourquoi tu nous as lâchés, Coyote ?

— Je ne voulais pas couler la troupe. Mais justement, j'ai besoin d'un truc pour mon nouveau job.

— OK. Qu'est-ce qu'il te faut ?

— Un look.

Une heure plus tard, il sonnait chez Fanny, qui vivait au sixième sans ascenseur, dans un joli deux-pièces pas très loin des Buttes-Chaumont. Baptiste croyait se souvenir que ses parents avaient les moyens. L'après-midi était déjà bien avancée.

— Quel genre de look ? s'enquit-elle, la porte à peine ouverte.

Baptiste admira cette efficacité insoucieuse des préludes et des transitions. Lui, il préférait justement les interstices entre les moments, ce qui expliquait sans doute qu'il n'eût pas fait grand-chose de sa vie, alors que des types comme Husson paradaient dans les bars à la mode.

— Tu fais quoi ? Tu rêves ? Tu entres ?

Il entra et expliqua, tandis qu'elle prenait ses mesures pour gagner du temps. Il lui fallait une tenue de jeune homme intelligent, concerné, exerçant une profession complexe et innovante, pluridisciplinaire, quelque part entre la culture, la politique et le management.

— Tu veux draguer ? résuma Fanny.

— Plus ou moins.

Elle n'insista pas.

— Je t'invite à dîner un de ces soirs et je te donnerai les détails, promit-il.

— Volontiers. Je connais un bar à soupe extra vers Clichy.

Quand elle l'eut mesuré, elle recula, cligna des yeux et le scruta.

— Il faut faire simple, conclut-elle pour elle-même.

Elle disparut un instant dans sa chambre, qui lui servait de réserve et d'atelier et revint avec des habits soigneusement repassés sur des cintres.

— Il n'y a pas de secrets : les couleurs, les matières et surtout, surtout, la discrétion. Tout ce qui donne l'impression d'avoir été choisi pour être remarqué sera contre-productif.

Elle lui fit essayer deux vestes, trois pantalons, six chemises et lui trouva même une paire de chaussures fines à sa taille. Pendant une bonne demi-heure, à un rythme soutenu, elle l'habilla, le déshabilla, apparia les motifs, changea d'avis, testa des foulards et des chaussettes.

— Les chaussettes sont fondamentales. Il y a toujours un moment où elles se voient.

Elle roula des yeux pour suggérer l'importance que revêtait cette apparition imprévisible et fatale des chaussettes. Il demeura longtemps en caleçon sur son canapé, feuilletant des revues tandis qu'elle reprenait certains ourlets. Le téléphone de Chozène sonna. L'écran affichait « Yves ». Il extirpa la bible de son sac à dos (un modèle Quechua qu'il faudrait absolument changer) et prit connaissance de la fiche *ad hoc.* Yves était un jeune auteur exigeant dont le lectorat se composait essentiellement d'universitaires et de libraires indépendants radicaux. Son dernier ouvrage explorait la conscience tourmentée d'un nobliau pendant la Fronde, secrètement épris de son cousin (Chozène avait collé la notice du livre dans son classeur). *L'encourager,* indiquait sobrement la fiche. Baptiste ne prit pas l'appel.

—Voilà, annonça Fanny. En variant les combinaisons, ça te fait trois tenues presque différentes et, surtout, cohérentes. Je t'ai noté les détails.

Elle lui tendit un sac en cuir souple et une vieille montre.

—Vas-y, essaye. Ce que tu ne mets pas aujourd'hui, on le pliera dans le sac.

Il détailla son allure dans la psyché. Contrairement à ce qu'il avait craint, il ne paraissait pas déguisé. Le miroir offrait une version de lui-même plus audacieuse et plus sereine, comme s'il avait cessé d'être à ses propres yeux une énigme fatigante.

—Je ne sais pas comment te remercier, Fanny.

—Tu me feras une imitation cochonne de Mélenchon par téléphone. Et je garde tes vieilles fringues en otage.

Il y avait juste assez de place dans le sac en cuir pour y loger la bible, le téléphone de Chozène et l'exemplaire défraîchi du *Voyage d'été* qui lui servait de talisman, désormais. Il rangea son propre portable dans la poche intérieure de sa nouvelle veste.

—Pas mal, jugea Fanny, professionnelle. Il faudra revoir un peu la coiffure et le parfum mais ça le fait.

Les regards qui se posèrent sur lui dans la rue confirmèrent ce diagnostic. Ça le faisait. Il décida de se rendre à Vélib au Lucky.

Il arriva peu après l'ouverture. Quelques jeunes habitués barbus et chapeautés conversaient déjà au bar et un quarteron d'étudiants enjoués visionnaient une vidéo sur leur téléphone en se partageant les écouteurs, écroulés dans un canapé de récup, leurs bières posées sur des caisses renversées en bois brut. Deux filles attaquaient un baby foot. Il commanda une Gallia et s'assit à une table discrète, permettant de surveiller les entrées. Pour s'occuper, il écouta le message d'Yves qui sollicitait en termes embarrassés l'avis de Chozène sur son dernier manuscrit.

Il réfléchit un bref instant puis décida de répondre par SMS. Après tout, les termes de son arrangement avec Chozène étaient suffisamment flous pour justifier cet expédient. Il gagnerait un temps précieux et beaucoup d'énergie en y recourant sans en abuser. Il composa un message courtois mais ferme, dépourvu d'abréviations, indiquant que le romancier se condamnait pour l'heure à une réclusion studieuse et qu'il se rendrait pleinement disponible ultérieurement pour examiner le travail d'Yves. Baptiste relut son texte et le jugea convaincant. À l'écrit aussi, il parvenait à imiter le phrasé de Chozène.

Quand il leva les yeux, Husson était assis à la table voisine, occupé, lui aussi, à composer des textos. Au-dessus de sa tête, le mur s'ornait d'un panneau de signalisation routière, un modèle vintage d'interdiction de dépasser.

— Te voilà, murmura Baptiste entre ses dents, avec la voix de Jean-Pierre Moulin, qui doublait Anthony Hopkins dans *Le Silence des agneaux*.

Il commença par l'observer, par-dessus sa bière. Husson avait cette distinction naturelle des types que l'on choisit parmi les premiers, à l'école, pour former les équipes de foot. Non. Il devait les former lui-même. Un leader charismatique, l'un de ces êtres rares qui ne sont jamais ridicules sur les vieilles photos. Baptiste extirpa *Le Voyage d'été* de son sac et s'y plongea. Moins d'une minute plus tard, Gabriel Husson lui adressait la parole.

— Tu aimes Chozène ?

Tutoiement, direct ! La magie opérait. Effet conjugué du costume et du grimoire. Le monde était quelquefois simple. Husson possédait une très belle voix d'orme au crépuscule.

— C'est pire que ça, répondit Baptiste. J'en ai besoin. Je le relis et ça va mieux.

Husson opina lentement, saisit sa chope et vint s'asseoir à sa table.

— Pareil pour moi. C'est le plus grand, non ?

Il paraissait attendre sincèrement l'avis de Baptiste qui en fut touché. Il avait craint que l'autre lui assène ses élégances caustiques habituelles, mais, à cet instant, c'était juste un amateur de Chozène heureux d'en rencontrer un autre. Baptiste hésita un peu.

— C'est un grand, en tout cas. Il y a Branzen, aussi.

— Branzen, approuva Husson.

Ils se comprenaient.

— Je donnerais un rein pour le rencontrer, et qu'il m'accorde un long entretien, tu sais, à l'ancienne, des heures. J'ai mille questions à lui poser, rêva Husson.

L'aveu et sa formulation surprirent Baptiste qui n'avait pas anticipé une familiarité si spontanée. En matière de préliminaires, Husson partageait visiblement les usages de Fanny. À moins que ce ne fût un truc de jeune Parisien bien dans sa peau. Baptiste se sentit soudain très provincial, mais il joua le jeu, parti comme c'était. Il se demanda si Husson présumait qu'il l'avait reconnu.

— Il travaille, en ce moment. Il est sur un livre difficile, répondit Baptiste en soufflant sur la mousse de sa Gallia.

Le journaliste marqua un réjouissant temps d'arrêt.

— Attends… Tu le connais ?

Husson scrutait maintenant le visage de Baptiste et examinait sa tenue. Restait à espérer que Fanny avait bien fait son travail. C'était pire qu'un casting.

— Pas vraiment, éluda Baptiste. J'ai certaines infos, parfois.

— On se connaît, non ? hasarda Husson. Je t'ai déjà vu où ?

— Je ne crois pas. Je suis… agent éditorial freelance. Par contre, je lis tes articles.

Il aurait dû mieux préparer. On ne s'improvise pas imposteur. Ou peut-être que si. Sa réponse parut convaincre Husson et, bizarrement, l'embarrasser.

— Oh, mes articles…

Baptiste n'en revint pas. À ce qu'il avait cru comprendre, le journaliste n'était pas réputé pour sa modestie. Et pourtant, il paraissait de bonne foi, conscient que sa prose futile ne pouvait que rebuter un authentique amateur de Chozène.

— Tu sais, poursuivit-il avec une franchise inattendue, dans ce milieu, il y a des codes, des connivences. Je fais comme tout le monde, je réseaute. Sinon, personne ne te publie. Mais moi, ce qui m'intéresse, c'est la littérature.

Il fallait regarder les choses en face. Husson avait tout l'air d'un mec bien. Baptiste lui offrit une autre bière et ils causèrent encore un long moment, avant de disputer une partie de baby-foot, puis une autre. Fort heureusement, ils ne se racontèrent pas leurs vies mais parlèrent de livres. D'auteurs anciens de préférence. Gabriel Husson avait apparemment l'amitié facile. Ils échangèrent leurs numéros. En rentrant chez lui, Baptiste tenta de faire un point sur le cours que prenait son existence et n'y parvint pas. Chozène avait quatre appels en absence, c'était très raisonnable. À l'épicerie, il s'acheta des barquettes à la confiture d'abricot et monta les marches quatre à quatre pour se mettre au travail.

Il décida d'expédier ses devoirs du soir : la première correspondante, Mireille, l'attachée de presse de Chozène voulait savoir s'il acceptait un déplacement en Allemagne pour le début de l'année suivante, à l'invitation de l'université de Cologne qui proposait une *master class* sur le roman français. Énigmatique, la notice de Mireille spécifiait : *Toujours trois refus, au moins.*

— Je suis désolé, Mireille. À cette date, c'est absolument impossible.

— Pierre, c'est vous qui êtes impossible ! Vous m'avez déjà dit non deux fois !

Elle raccrocha, apparemment satisfaite. Il était de plus en plus à l'aise avec la voix du maître, se décrispait, testait des inflexions. À partir du moment où il possède le fondamental d'une voix, le bon imitateur peut s'autoriser des extrapolations harmoniques. Il existe une forme de logique sonore, une palette acoustique, une gamme. Baptiste se sentait prêt à improviser prudemment.

Avec le deuxième interlocuteur – Jean-Louis, le traducteur coréen – il monta dans les aiguës, une ou deux fois, pour s'amuser. C'était curieux. Il mit un terme à l'expérience, craignant que Jean-Louis n'imaginât que Chozène se dopait aux amphétamines.

— C'est à propos de la bourriquette, exposa le traducteur.

— Je vous demande pardon ?

— Dans *Les Bonnes Dispositions,* Philippe consomme de la bourriquette à Limoges, vous savez, cette soupe à l'oseille, là… J'ai peur que ça ne fasse pas sens, en Corée. Je me demandais si je pouvais traduire par « potage », tout simplement.

Baptiste consulta la fiche de Jean-Louis. *Paresseux. Lui résister.*

— Potage ? Vous plaisantez, j'espère ?

— Mais c'est un détail, il n'est plus jamais question de bourriquette dans la suite du livre et…

— Écoutez, Jean-Louis, chacun son métier. Je suis désolé.

Il raccrocha, grisé, avec le sentiment d'avoir défendu l'œuvre du grand homme. Cette histoire d'oseille lui avait donné faim. Il descendit s'acheter du porc au caramel chez le traiteur chinois, trop cher pour lui, d'habitude, et reprit des forces avant d'appeler Nathalie, qui avait laissé un message étrange : « J'ai repensé toute la journée à notre conversation d'hier. Je t'ai senti, je ne sais pas, différent. Rappelle-moi s'il te plaît. »

— Bonsoir, Nathalie.

— Encore mon prénom ? Qu'est-ce qui t'arrive ?

Ah oui, c'était vrai. Il ajouta le mot « prénom » sur la fiche de l'ex, et le souligna trois fois.

— N'interprète pas abusivement mes paroles. Je suis fatigué, j'écris beaucoup.

— Bien sûr.

Il n'était pas sûr que cette réponse fût ironique, ayant mal entendu à cause d'une grosse bouchée de riz qu'il avalait au même moment. Il ne relança pas.

— Pierre, tu sais, je te l'ai toujours dit, entre nous…

Il attendit longtemps la suite, picora du bout de ses baguettes quelques fragments de viande tiède dans la barquette. Ce traiteur était incroyable. Comme rien ne venait, il mit Nathalie sur haut-parleur, alluma son ordinateur, chercha d'autres images d'Elsa Chozène puis de Gabriel Husson. À cet instant, son téléphone fit éclater dans la pièce la musique de Midnight Express. Sa mère. Il refusa l'appel.

— C'était quoi ? s'enquit Nathalie. Il y a quelqu'un ?

— Je vais devoir te laisser. Bonne soirée.

— Ne sois pas implacable, Pierre. Je suis sûre qu'il t'arrive de repenser à notre petit hôtel de Poitiers…

— Je dois te laisser, Na… Je te laisse.

Il finit la barquette en trois bouchées, guettant les deux téléphones, inquiet puis écouta le message laissé par sa mère. Comme d'habitude, sa voix, fixée et filtrée par la messagerie, le bouleversa. Elle ne lui communiquait que des informations infimes sur la maison, son père, le chat, la famille, mais il y perçut une telle ferveur, une telle foi en lui, en son talent, en son avenir, qu'il respira de travers. Cette dévotion maternelle lui donnait toujours, paradoxalement, le sentiment d'être un sale type, un imposteur, indigne d'une confiance si pure. Elle l'avait toujours encouragé, suivi dans toutes ses impasses. Il faillit la rappeler pour lui raconter ses aventures avec Chozène mais fut arrêté par la brutale certitude qu'il devait impérativement s'en garder. Ce secret serait pour lui tout seul. Il se crispa le temps de laisser la vague de culpabilité le traverser, charriant avec elle des images de vacances et des souvenirs de sourire. C'est pour notre bien, maman, se surprit-il à penser en sauçant la barquette avec ses doigts, qu'il suça ensuite. Comme il éteignait son téléphone, celui de Chozène sonna.

Il ne lut le mot Papa sur l'écran qu'après avoir décroché.

Comment lui parler ? se demandait la bible. Il commença par se taire, pour mieux entendre.

La voix du père ressemblait étonnamment à celle du fils. Elle paraissait même légèrement plus jeune mais n'évoquait en rien une balancelle. Il y avait de l'arbre, dans cette voix. Et du réverbère. Mais c'était encore indistinct.

Concentré sur ses visions, il omit de s'intéresser au sens des paroles diffusées par le haut-parleur. Quand un silence se fit, il s'aperçut que Chozène père avait parlé assez longtemps, sans préambule, sans précautions phatiques, comme s'il avait été d'emblée persuadé d'être tombé sur la messagerie. Baptiste parvint tout de même, au prix d'un gros effort, à se rappeler qu'il avait été question d'un cimetière. S'agissait-il de funérailles ? Il lui sembla que non. D'une visite, plutôt. Oui, d'une visite sur la tombe de Mme Chozène décédée, décédée… (il vérifia) cinq ans plus tôt.

Il se mordit les lèvres. Il n'aurait jamais dû décrocher. Sur de tels sujets, la moindre bourde pouvait avoir de graves conséquences. Existait-il un contentieux entre Chozène et son père concernant la sépulture de leur disparue ? L'écrivain s'y rendait-il souvent ? La négligeait-il ? D'amers non-dits ternissaient-ils leur relation depuis le décès ?

— Je lui parle toujours, reprit le père.

La voix était calme, sans fiel. L'homme semblait se satisfaire du silence de son fils comme de celui de sa défunte épouse. Peut-être même les appréciait-il. Baptiste se résolut pourtant à le briser.

— C'est bien.

Il attendit, tendu, comme à chaque fois qu'il testait la voix de Chozène sur un nouveau public. Jusqu'ici, tout le monde était tombé dans le panneau. Mais un père, tout de même ? Sa mère à lui ne se laisserait sûrement pas abuser par un imitateur, même aussi talentueux que son propre fils.

— Tu travailles, c'est ça ? reprit Chozène père au bout d'un long moment.

La question ne le rassura qu'à moitié. Que signifiait le « c'est ça » ? Il décida d'offrir un échantillon vocal plus consistant à la perspicacité de son correspondant.

— Oui, confirma-t-il. Un projet difficile. J'y consacre l'essentiel de mes journées en ce moment.

Nouvelle attente, qu'il meubla en cherchant des photos du père de Chozène sur Internet. Il n'en trouva qu'une, prise, précisément, le jour des funérailles. Il discerna, dans un demi-flou, des traits raidis par la douleur ou par une sorte de contrariété persistante. Jean Chozène ressemblait à son fils, en plus âpre, en sobre, en protestant.

— D'accord, entendit-il.

Sur quoi portait cet acquiescement, déjà ? Ah oui, sur le fait que Chozène consacrait de nombreuses heures à un projet difficile. « D'accord » lui sembla sec. Mais rassurant quant à la crédibilité de son imitation. Rassuré, il prit le risque d'essayer de connaître l'opinion du père sur l'œuvre du fils. En tant qu'artiste, il avait l'habitude de biaiser pour apprendre ce que les gens pensaient de ses prestations.

— Ce sera très différent du *Voyage d'été,* affirma-t-il.

Si les deux hommes parlaient librement des romans de Chozène, des questions devaient suivre, qui trahiraient le degré d'intérêt du vieux monsieur. Dans le cas contraire, sa phrase était suffisamment anodine pour leur permettre de changer de sujet sans trop de problèmes. Mais la réponse le déconcerta.

— J'imagine, entendit-il.

Le mot avait été soupiré, manifestant une espèce d'épuisement difficile à interpréter. Ce fut donc Baptiste qui, prudemment, bifurqua, recentrant l'échange sur son interlocuteur.

— Et toi ? Comment vas-tu ?

Il n'ajouta pas « papa ». La réponse tarda un peu. Baptiste commençait à entrevoir pourquoi Chozène se demandait comment parler à son père.

— Je me promène. La maison est grande. Et vide.

Ce vide, tout à coup, parut perceptible, dans la réverbération de cette voix lointaine. Que répondre ? Il commençait à se sentir mal, contaminé par la fatigue de ce père dont l'image austère s'affichait toujours sur l'écran de son ordinateur. Il commença à chercher un prétexte pour raccrocher. Mais, à cet instant, le vieil homme se lança dans une évocation de ses promenades solitaires. Il décrivit des paysages, des chemins sinueux, des ornières boueuses ou flottaient des feuilles mortes. Il parla d'oiseaux, dont il nomma l'espèce et décrivit le plumage avec une soudaine volubilité. Raffermie, sa voix offrait des mots précis et colorés, qui s'enchaînaient sans hésitations, sans trace d'affects, comme s'il lisait une page à l'intention des malvoyants. Baptiste fut frappé par le caractère éminemment littéraire de cette syntaxe à l'ancienne, syntaxe dont Chozène, dans ses livres, s'employait à déjouer la mécanique.

Puis il eut un doute. Quelque chose le gênait, dans cette prose trop cadencée. La tonalité, les inflexions de Chozène père évoquaient celles d'un présentateur de l'ORTF. Il toussa – la toux est facile à imiter, on peut même commencer par là dans l'approche d'une voix, celle de Chozène était aiguë et sèche, révélatrice d'une irritation plus que d'en encombrement. Le père se tut aussitôt.

— Pourquoi… se lança Baptiste, pourquoi me racontes-tu tout ça ?

Il présumait que Chozène pratiquait l'interrogative à l'ancienne, avec inversion du sujet. Surtout quand il s'adressait à son père. À sa grande surprise, celui-ci éclata d'un rire rouillé mais long, très long, qui s'éteignit par petites salves sèches. S'ensuivit un silence bourdonnant. À cet instant, Baptiste fut certain d'avoir été démasqué. Mais presque aussitôt, il se convainquit que c'était impossible. Même si le vieil homme avait remarqué quelque chose d'inhabituel dans la voix ou les propos de son fils, il ne pouvait pas avoir conçu l'hypothèse d'un imitateur. Alors pourquoi ce rire ? L'inquiétude, chez Baptiste, fit place à l'agacement.

— Je peux savoir ce qui t'amuse ?

Difficile d'imaginer Chozène rudoyant ainsi son père. Tant pis.

— Rien ne m'amuse. Je me réjouis.

— Tu te réjouis ?

— Ta question me réjouit.

Baptiste s'efforça de se rappeler quelle question il avait bien pu poser. Il n'en avait plus la moindre idée. Il se contenta d'un grommellement. En fait, il en avait marre.

— C'est la première fois que tu me demandes pourquoi je te raconte mes promenades.

Ah oui. Bon. Le père Chozène se réjouissait de peu. C'était sans doute une marque de sagesse.

— Depuis la mort de ta mère, je m'ennuie et je me promène. Je m'ennuie en me promenant, en te parlant de mes promenades et tu t'ennuies en m'écoutant. Cinq ans d'ennui total.

Baptiste examina la barquette vide où figeaient des résidus de glutamate. Le vieux devait avoir un problème, quand même.

— D'accord, maugréa-t-il. Et alors ?

— Alors, désormais, nous allons pouvoir parler d'autre chose. Bonne nuit, mon fils.

Mon fils. Il avait raccroché.

Il demeura longtemps assis sur son lit, contemplant le vieil homme qui lui rendait son regard, depuis l'écran de l'ordinateur. *Comment lui parler ?* Il avait peut-être un élément de réponse : « parler d'autre chose ». Mais de quoi ? Et pourquoi ? Fallait-il appeler Chozène ? Cette conversation était peut-être déterminante. Et si elle avait marqué un tournant décisif ? L'évidence s'imposa. En jouant le rôle de Chozène, il dérogeait nécessairement aux lois qui régissaient tacitement ses rapports avec ses interlocuteurs. C'était inévitable. Ignorant le contexte, il commettait immanquablement des erreurs qui pouvaient avoir de graves conséquences. C'était un jeu dangereux. Chozène avait-il songé à l'infléchissement des rapports avec ses proches qui résulterait fatalement de leur petite mise en scène ?

Il y avait *forcément* pensé, se rassura Baptiste. Chozène était d'une intelligence redoutable, qui transparaissait à chaque ligne de ses romans. Donc, non seulement il avait anticipé cet aspect du dispositif, mais il le souhaitait forcément. Cette reconfiguration du réseau était peut-être même la finalité de ce stratagème. Dans quelques mois, quand il reprendrait contact avec le monde, tout aurait changé. C'était encore plus fantasmatique que de se faire cryogéniser et réveiller dans le futur. Pendant un temps donné, quelqu'un vous déchargeait de votre vie, de vos relations, explorait vos habitudes et inventait des chemins. C'était risqué, bien sûr, mais Chozène avait-il quelque chose à perdre ? Qu'espérer du destin, quand on avait passé la cinquantaine, sinon la triste série des catastrophes prévisibles ? Baptiste lui permettait de relancer les dés, de redonner sa chance au hasard. Pour un homme ordinaire, c'était une aventure. Pour un romancier, une manne.

Ou alors, Chozène n'avait pas la moindre idée de tout cela, il voulait juste être soulagé de son Moi social, cette fripe pesante et usée.

Baptiste se promit d'y repenser quand il serait moins fatigué. Il décida de ne pas contacter Chozène mais prit quelques notes relatives à ses dernières conversations, à même la bible. Finalement, il pourrait se prévaloir d'avoir écrit quelques pages de la vie d'un écrivain.

Ensuite, il ralluma son téléphone personnel et appela Fanny.

— Salut Bape !

— Salut Fanny, toujours partante pour la soupe ?

— Je t'envoie l'adresse par SMS et on se retrouve là-bas. Tu veux que je te rapporte tes vieilles fringues ?

— Non. Tu es la conservatrice de mon Moi social, cette fripe pesante et usée.

— OK.

Décidément, Fanny pratiquait à la perfection l'art subtil de ne pas poser de questions.

C'était très reposant.

Après le deuxième verre de Tintorela 2015, un vin naturel modeste mais loyal, Baptiste se sentit très heureux. Il se réjouissait d'avoir mangé avant de venir car la soupe bio aux lentilles corail, lait de coco et citron vert était plus goûteuse que nourrissante. Fanny la savourait en fermant les yeux tandis qu'il enchaînait à la demande de la jeune femme, les meilleures voix de son répertoire. Il n'y avait plus grand-monde dans le petit restaurant de la rue de Charonne. Baptiste appréciait le plaisir d'être lui-même, c'est-à-dire d'imiter librement qui bon lui semblait.

Les cheveux bruns de Fanny tombaient sur ses épaules nues. Très sensible aux épaules, il s'étonnait de n'être jamais tombé amoureux d'elle. Tout en se lançant dans une tirade des *Mains sales* interprétée par Jean-Pierre Bacri (la voix de Bacri était une grosse racine et celle de Sartre un œuf humide), il imagina le couple qu'ils formeraient, Fanny et lui, installés de préférence dans le deux-pièces des Buttes-Chaumont. Mais, presque aussitôt, l'image d'Elsa Chozène s'interposa et il se versa un autre verre de vin.

— C'est dommage, quand même, que tu aies laissé tomber le show, Bip, soupira Fanny.

— Show est un bien grand mot. Ça fait Broadway.

— Tu imites aussi en anglais ?

La question paraissait l'intéresser vraiment, comme si l'exportation du spectacle aux États-Unis devenait soudain une option ingénieuse. Il éluda, d'un vague roulement d'yeux.

— Comment va Vincent ?

— Il galère. Je ne pense pas que le théâtre tienne encore très longtemps.

La voix de Fanny ne trahissait aucun affect mais Baptiste l'avait déjà vue éclater en sanglots tout à trac et se ressaisir dans l'instant. Chez lui, au contraire, les émotions s'interpénétraient en un continuum diffus à mi-chemin du rire et des larmes. Il se sentit sincèrement peiné pour Vincent et, l'alcool aidant peut-être, capable de trouver un moyen rapide de lui porter secours. Il songeait au carnet d'adresses de Chozène. Ne pourrait-il pas, moyennant quelques acrobaties vocales, quelques coups de fils judicieux, tramer un truc ? Il manquait d'imagination. Fanny aurait sûrement des idées. Il faillit tout lui raconter mais trouva la force de se retenir, en s'aidant d'une gorgée de soupe.

— Ça l'a fait, ton costume ? demanda-t-elle.

D'abord, il ne comprit pas la question puis se rappela que ses nouveaux atours étaient censés l'aider à draguer.

— Oui, ça l'a fait, répondit-il en rougissant presque.

Elle éclata d'un rire qui allait très bien avec ses épaules, et révélait qu'elle ne le considérerait jamais autrement que comme un bon pote, un pote à surnoms. Quoique, il lui sembla se rappeler qu'elle avait affublé un très beau type avec qui elle était sortie assez longtemps d'un sobriquet grotesque. Le patronyme d'un animal dans *Sylvain et Sylvette.* C'était sûrement le signe d'une liberté sexuelle intimidante. Pour ne pas être accablé par le découragement, il essaya d'éviter de penser à Husson.

— Et toi ? relança-t-il.

Elle lui raconta gentiment sa vie, les projets auxquels elle prenait part, pour différentes compagnies. Elle sortait assez souvent, ces temps-ci, rencontrait des gens. Une fois, elle s'était retrouvée dans une soirée infestée de consultants, amateurs de blagues nulles. Elle tenta d'en retrouver une mais ne se rappelait plus la chute et de toute façon, c'était vraiment nul. Baptiste reprit du poil de la bête en démontrant par l'exemple que la blague la plus nulle devenait hilarante si elle était racontée avec la voix de Mauriac.

Le téléphone de Chozène sonna. Numéro inconnu. Il décrocha dans un sursaut. C'était Chozène.

— Vous êtes là ?

La voix de l'écrivain trahissait une surprise embarrassée. Embrumé par le Tintorela, Baptiste ne comprit pas la question et jeta un coup d'œil aux alentours. Il s'aperçut qu'il s'était levé et qu'il s'éloignait à grands pas vers les toilettes. Il lança à Fanny un regard d'excuse assorti d'un geste en direction du téléphone. Elle lui fit signe que tout allait bien, qu'elle avait tout son temps.

— Je veux dire… précisait Chozène, je pensais que vous seriez endormi, je comptais juste laisser un message.

— Il y a un problème ? s'inquiéta aussitôt Baptiste.

Il voulut se remémorer ses dernières communications avec les interlocuteurs de Chozène. Il avait forcément commis une erreur à un moment ou à un autre, oublié de rappeler quelqu'un, fait échouer quelque chose. On l'avait démasqué. Il n'avait pas la carrure. Il se posta dans l'escalier qui descendait aux lavabos, sa tête seule émergeant au niveau du sol de l'établissement. Cette position lui offrait une perspective inédite, au bout de laquelle il apercevait les jambes de Fanny, sous la table. Elle balançait son pied gauche.

— Aucun problème, justement ! s'exclama Chozène.

Il avait bu, lui aussi. Sa voix révélait un désir un peu brut de fraternité sans chichis qui ne lui ressemblait pas.

— J'avance bien ! lui révéla l'écrivain. C'est formidable ! Vous ne pouvez pas savoir à quel point…

La suite se perdit dans une pluie de parasites suivie d'un silence. Baptiste crut qu'ils avaient été coupés mais la voix de Chozène revint.

— … et donc j'ai pensé que nous pourrions faire un point rapide. Il faut que je vous redonne de l'argent, aussi.

Cette dernière phrase dénotait une forme d'inquiétude, ou de culpabilité, comme si Chozène avait le sentiment de s'être mal comporté à l'égard de Baptiste.

— Vous voulez que je passe chez vous demain matin ? s'enquit celui-ci.

Le silence, à nouveau. Mais, cette fois, il entendait Chozène respirer dans l'appareil. Fanny avait retiré sa chaussure.

— Le matin, j'ai tendance à dormir, avoua le romancier. Et l'après-midi j'écris. Mais, peut-être, si vous ne dormez pas…

— Maintenant ?

La question avait fusé trop vite. Il s'en voulut.

— Vous avez raison, s'excusa Chozène, il est plus de minuit. Je n'avais pas vu l'heure.

— Non, maintenant, c'est très bien ! Je suis au restaurant mais on avait fini.

Il se mordit la lèvre, gêné par cette précision et craignant de paraître bassement cupide. Chozène ne commenta pas.

— Parfait. Dans ce cas, prenez un taxi. Je vous attends.

Baptiste rejoignit Fanny qui l'accueillit avec un sourire complice.

— Tu dois y aller, devina-t-elle. L'amour c'est l'amour.

À cet instant, elle lui parut resplendissante. Ses lèvres brillaient d'un éclat humide qui le bouleversa. Ils échangèrent des bises un peu alanguies par le vin.

—Vous êtes adorable, ma petite Fanny, lui dit-il avec la voix d'Antoine Duléry. On se revoit très bientôt, promis ?

Il lui proposa de l'accompagner jusqu'au métro mais elle déclina et s'éloigna dans la nuit. Vingt minutes plus tard, il sonnait chez Chozène.

—Asseyez-vous, Baptiste ! Je suis vraiment ravi de vous voir.

Le jeune homme s'enfonça docilement dans le cuir parfumé d'un fauteuil profond. Il se demanda si ce qu'il avait pris, au téléphone, pour de l'ébriété n'était pas tout simplement de la joie. L'écrivain, quoique mal rasé et vêtu d'une chemise défraîchie semblait rajeuni, revigoré.

—Il y a longtemps que je n'avais pas écrit comme ça, attaqua-t-il. Ça vient tout seul.

Un profond sentiment de soulagement envahit Baptiste qui se détendit. Il avait, peut-être pour la première fois de sa vie, l'impression d'être utile. Et légitime.

Avec une volubilité inattendue, Chozène se mit à lui parler. Il lui raconta combien, jusqu'à présent, l'écriture avait été pour lui un pénible combat. Non pas contre la page blanche, ni contre l'angoisse de ne pas trouver le mot juste. Ses affres n'étaient pas flaubertiennes. Non, ce qui lui avait rendu la création si pénible, depuis toujours, c'était la vie, les soucis, les interruptions, les sollicitations incessantes, les imprévus, ce galimatias de tracasseries dont lui, Baptiste, l'avait complètement exempté en emportant son téléphone. C'était miraculeux. Il respirait. Revivait.

—On ne se rend pas compte ! lança-t-il soudain en assénant quatre coups surprenants sur le genou de Baptiste.

Ils acquiescèrent tous deux, en silence, perdus dans les

yeux l'un de l'autre. Baptiste sentait s'esquisser des pensées, quelque part, vers les confins de sa conscience. Et des questions. Chozène désirait-il vraiment *faire un point rapide ?* À l'évidence, il voulait l'inverse. Qu'on ne lui parle de rien. Être assuré que sa vie était en de bonnes mains, n'avoir à prendre aucune décision, ne pas réfléchir. Le moindre problème entamerait sa sérénité créatrice, cette euphorie si rare et si neuve. Baptiste résolut de garder pour lui les états d'âme de Nathalie, les questions d'Elsa et toutes les peccadilles professionnelles de l'écrivain. Restait cependant la dernière conversation, qui l'avait mis mal à l'aise, avec Chozène senior. Comme il soupesait l'opportunité d'en rendre compte, le romancier le court-circuita.

— J'écris sur mon père, vous savez.

Baptiste en resta littéralement bouche-bée. Jamais Chozène n'avait laissé filtrer dans ses livres le moindre détail autobiographique, ou alors très crypté, à la façon des peintres du Quattrocento prêtant à la madone les traits de leur bien-aimée. Voilà pourquoi ce nouveau texte était si difficile. Se rappelant le rire étrange du vieil homme, il fut tout à coup certain qu'il ne fallait rien dire. Surtout pas. Pour le moment, en tout cas.

— C'est-à-dire... précisait Chozène qui avait perçu la stupéfaction de Baptiste, je raconte sa vie jusqu'à ma naissance. Ma préhistoire, en somme. C'est difficile de trouver l'angle.

Baptiste se redressa dans le fauteuil au fond duquel il avait l'impression d'être englouti.

— Vous n'auriez pas quelque chose à boire ?

Chozène afficha une moue consternée et Baptiste craignit de l'avoir froissé par son absence de réaction. Comme il cherchait une phrase pour se rattraper, quelque chose d'humoristique révélant justement combien l'annonce de cette nouvelle étape dans l'œuvre du maître l'avait saisi au point d'avoir besoin d'un remontant, il comprit que Chozène était en fait contrarié d'avoir manqué à ses devoirs d'hôte. Il lui tendait déjà un verre trop rempli d'un liquide ambré.

—Désolé, vous êtes si sobre, d'habitude, je n'avais pas pensé...

D'un sourire, Baptiste l'excusa puis avala vite une gorgée amère et fastueuse, sans le moindre rapport avec tout ce qui, jusqu'alors, s'était offert à son palais.

—Mais qu'est-ce qui... se lança-t-il au jugé.

Il parvint à concevoir encore un fragment de phrase : « ... vous a poussé à ... » puis cala, vaincu par le whisky. Chozène se mit à parler en remuant imperceptiblement la tête. Sa voix s'était voilée, ce qui perturba Baptiste, dont l'attention se portait malgré lui sur ce voile, par déformation professionnelle, plus que sur les paroles elles-mêmes. Il savait bien, en théorie, que tout homme a plusieurs voix, selon les heures, les âges, les émotions, mais, en cet instant, il l'éprouvait avec une intensité rare.

Il comprit tout de même que Chozène vouait depuis toujours à son père une admiration éperdue et muette. Aussi taiseux l'un que l'autre, les deux hommes devaient leurs rares échanges au truchement de Mme Chozène mère, dont la mort avait creusé un trou noir de silence. Et pourtant, l'écrivain désirait par-dessus tout dire à l'auteur de ses jours combien il lui était reconnaissant de lui avoir ouvert les voies de l'écriture en lui lisant, dès l'enfance, les chefs-d'œuvre les plus exigeants de la littérature. Le père avait emprunté, pour parler à son fils, les mots des grands auteurs. Il lui devait tout, en somme, et cet aveu prendrait nécessairement, en retour, la forme d'un livre. Avant qu'il ne soit trop tard. Car, même si vieil homme paraissait encore vaillant, même s'il effectuait chaque jour de longues promenades solitaires, leurs jours étaient comptés.

— Je n'aurais rien fait, sans lui, avoua-t-il en se resservant un verre.

— Il lit vos livres ? Il vous encourage ?

Chozène hocha la tête, comme pour apprécier la question.

— Il les lit, je le sais, mais il ne m'en a jamais rien dit. C'est… impossible pour lui. Trop intime.

Baptiste opina sans commenter. Sa mère à lui se répandait en compliments extasiés aux premières ébauches de ses imitations.

— C'est un ancien instituteur, ajouta Chozène, l'air inquiet, comme si cette précision était à la fois honteuse et éclairante.

Puis il expliqua qu'il avait toujours lu dans les yeux de son père cette fierté indicible qui suffisait à lui donner la force de continuer à écrire.

— Je mène une sorte d'enquête sur lui, ajouta-t-il. Je réunis des documents. Son enfance, son parcours. J'ai recueilli des témoignages, sans rien lui dire évidemment. Vous comprenez pourquoi la mise en forme est si complexe.

Baptiste l'imaginait, et il offrit à Chozène l'approbation qu'il attendait avec une anxiété flatteuse. Il prit conscience que l'écrivain venait de lui confier un secret si jalousement gardé que même son éditeur ne soupçonnait rien. Il devenait le dépositaire d'un scoop pour lequel Husson aurait vendu son second rein. Chozène écrivait sur son père. Et c'était à lui, Baptiste, qu'était dévoilé cet événement majeur.

Pourtant, il avait du mal à s'en réjouir complètement et il espéra que sa réponse embrouillée (qu'avait-il dit exactement ?) ne trahissait pas le malaise qui s'était insinué en lui. Quelque chose le gênait. Ce n'était pas seulement ce qui, dès le lendemain, lui apparaîtrait comme une légère déception : il ne raffolait pas des monuments littéraires que les auteurs érigeaient à la gloire de leurs pères silencieux. Il y avait aussi le comportement bizarre du vieux Chozène, au téléphone. Cette phrase : « C'est la première fois que tu me demandes pourquoi je te raconte mes promenades. »

La phrase elle-même, mais aussi l'inflexion, la tonalité, le vibrato.

Il faudrait qu'il enquête, lui aussi. Sur ce père promeneur. Et sur les secrets de sa voix.

— Je vais vous laisser rentrer chez vous, annonça soudain Chozène en lui tendant une nouvelle enveloppe pleine de billets, avec une brusquerie gênée.

Baptiste la glissa dans sa poche, sans épiloguer. Il serra longuement la main de son employeur et prit congé. Dans le taxi, il rumina l'annotation relative au vieil homme, dans la bible du romancier : *Comment lui parler ?*

Il faudrait bien qu'il trouve une réponse.

Peu avant son réveil, il fit un rêve d'une étonnante précision narrative. Elsa Chozène se tordait la cheville et lui demandait de lui venir en aide. Cette cheville brûlante s'était aussitôt parée de vertus puissamment sensuelles et il s'était réveillé en nage. Mâchant ses Chocapic, il s'était dit que la cheville d'Elsa avait sans doute été suscitée par celle de Fanny, aperçue la veille au restaurant. Et il avait décidé de retourner chez Lucky dans l'espoir d'y croiser Husson.

Cette perspective l'aida à passer la journée sans rien faire, à part répondre au téléphone de Chozène et repenser au père de l'écrivain. Aucune de ces deux activités ne se révéla très productive. Elsa n'appela pas. Il eut affaire à des relations éloignées de l'auteur, gravitant sur des orbites qui les rendaient presque invisibles à l'œil nu. L'un d'entre eux parut si surpris d'obtenir la communication qu'il en resta sans voix. La bible n'indiquait que sa fonction de courtier, dont Baptiste ignorait la nature exacte. Il fut question de documents administratifs n'exigeant aucune décision précise. On convint d'en reparler plus tard. Un Michel appela, carrément non référencé. Ils échangèrent des phrases prudentes puis Baptiste l'expédia. Ensuite, il mit l'appareil sur silencieux et entama une longue sieste qui le conduisit presque jusqu'à l'heure d'ouverture du Lucky.

Comme la dernière fois, Husson s'y trouvait déjà. Ils furent heureux de se revoir. Baptiste supporta sans cesser de sourire l'examen éclair auquel le soumit son nouvel ami. Il avait pris soin d'assortir ses vêtements selon les directives de Fanny et savait qu'il manifestait un aplomb vestimentaire décontracté offrant peu de prises aux causticités salonnardes. Il se demanda même si Husson n'était pas en train d'étudier, dans l'intention de s'en inspirer, sa façon d'harmoniser les mauves. D'ailleurs, le journaliste l'embrassa. Il piquait.

— Je t'offre une Gallia ? proposa Baptiste.

— Allez !

Les premières minutes furent silencieuses. Husson consulta longuement son smartphone, qu'il effleurait avec lenteur, de temps en temps, comme si chacun de ces attouchements engageait l'avenir de quelqu'un. À un moment, il leva les yeux en murmurant : « Tu m'excuses », sur un ton plus comminatoire qu'interrogatif. Enfin, il l'empocha en soupirant.

— Tu as du nouveau sur Chozène ? attaqua-t-il.

Baptiste ressentit aussitôt une irritation imprévue. Il avait gardé un bon souvenir de leur dernière conversation. Mais Husson semblait avoir synthétisé leurs échanges, comme on simplifie une équation, pour n'en conserver que le nom de l'écrivain, probablement assorti d'un symbole signifiant que Baptiste pouvait lui être utile. Irritant, donc. D'autant plus que le journaliste ne s'était embarrassé d'aucun préliminaire.

— Comment ça, du nouveau ?

Husson ne put réprimer un bref mouvement d'impatience.

— Je me suis rancardé sur ce que tu m'as dit la dernière fois. Et ça se confirme. On est sur du lourd.

Baptiste masqua sa déception en avalant plusieurs gorgées de bière. Il s'était cru le seul détenteur du nouveau secret de Chozène mais apparemment, Husson n'avait pas eu grand mal à découvrir le sujet de son prochain roman. Petite leçon de modestie gratuite, se dit-il.

— Qu'est-ce que tu as appris ?

Husson se rapprocha, les avant-bras posés sur la table ronde, jusqu'à ce que ses lèvres frôlent presque l'oreille de Baptiste.

— Rien, justement. On ne sait rien. L'éditeur ne sait rien.

Il se recula lentement et cligna des yeux pour mieux apprécier l'effet de cette révélation.

— D'habitude, reprit Husson, j'arrive toujours à gratter quelque chose. Si personne ne sait rien, c'est qu'on est sur du très, très lourd.

Baptiste esquissa une moue ambiguë et but quelques gorgées supplémentaires. Husson l'examina encore quelques instants puis ressortit son smartphone, qu'il scruta avant de le poser sur la table. Le Lucky commençait à se remplir. Des trentenaires lookés entraient, par petites bandes de potes, poursuivant à voix très haute dans l'établissement des conversations entamées au grand air parisien. Les deux flippers et le baby-foot furent pris d'assaut, des balles s'entrechoquèrent et le patron monta le volume d'un morceau électro-soft. Baptiste se sentit tout à coup mal à l'aise. Il se rappela qu'il était venu là parce qu'il avait rêvé de la cheville d'Elsa Chozène, mais ne comprenait plus bien ce qui liait ces deux événements. Au prix d'un effort de concentration, il établit que ce lien était justement Husson. Elsa était amoureuse de lui. Il s'aperçut qu'il n'avait rien répondu au journaliste mais ce dernier n'en paraissait pas contrarié. Il avait salué plusieurs arrivants, hommes ou femmes, d'une bise un peu mécanique, sans inviter personne à se joindre à eux, sans présenter Baptiste. Quelque chose, dans sa physionomie, s'était durci et l'espoir d'une amitié sincère avec Husson, nourrie d'admirations communes, semblait déjà dissipé. S'y substituait une forme de rivalité complice assez désagréable.

— J'ai un plan B, murmura tout à coup le journaliste, ses lèvres à nouveau toutes proches de l'oreille de Baptiste.

Husson, sans éloigner sa tête, jeta un regard de biais, en direction de la porte. Baptiste fut gêné par la proximité humide de ses sclérotiques. Pourquoi un plan B ? Quel était le plan A ?

— Il se trouve, annonça Husson avec une solennité faussement feinte, que je ne déplais pas complètement à la fille de Chozène.

Il laissa sa tête une seconde de trop tout près de celle de Baptiste puis la retira pour se pavaner sur son tabouret. Cette seconde avait suffi à le rendre absolument détestable.

— Elsa, dit Baptiste.

— Elsa.

Baptiste songea que le plan A, c'était lui. Husson espérait lui soutirer des renseignements. Puisque rien ne venait, il allait exploiter le filon que constituaient les sentiments naissants d'Elsa à son endroit. Finalement, c'était une crapule ordinaire. Une crapule qui se figurait avoir trouvé un allié – ou un admirateur – en la personne de Baptiste.

— Et donc ? lança ce dernier.

— Et donc, la voilà.

Baptiste sursauta. Il s'était vaguement attendu à l'arrivée d'Elsa, mais ne s'y était pas préparé. Le temps qu'il se lève et se retourne, elle posait déjà deux bises sur les joues mal rasées d'Husson.

— Je te présente Baptiste. Encore un admirateur de ton père.

Le ton était enjoué, bon enfant, enfantin. Plus rien de cynique ni de cauteleux. Elsa, le plus naturellement du monde, offrit également deux bises à Baptiste et s'assit à leur table. Chaque fois qu'il y repenserait, Baptiste se persuaderait davantage qu'au moment où elle lui avait souri, il avait vu sa vie défiler. Non pas sa vie passée, mais son avenir. Leur avenir commun. Dans une hallucination extrêmement nette, aussi nette que son rêve érotique, il avait distingué leurs deux têtes sur un oreiller lavande, Elsa assise sur un canapé, la main droite posée sur un coussin brodé, une maison de vacances avec piscine, des cris d'enfant, le Ponte Vecchio dans les lointains d'une perspective atmosphérique. Une déchirure fulgurante dans le tissu du temps. Jamais, même à la maternelle, il n'avait éprouvé aussi brutalement le désir de déshabiller quelqu'un. Elle portait un jean court et des tennis. On voyait ses chevilles.

— Comment ? demanda-t-il d'une voix trop forte, interrompant la conversation qui s'était amorcée entre Elsa et Husson avec d'autant moins d'à propos que personne ne lui avait adressé la parole. Husson parut contrarié mais Elsa lui sourit à nouveau. Par la suite, les paroles lui parvinrent par bribes, tantôt absurdes, tantôt gorgées de sens et, lui semblait-il, de sous-entendus, de symboles ou d'augures. Il connaissait déjà bien la voix d'Elsa mais la découverte visuelle de son corps excédait ses capacités perceptives. Son parfum seul aurait sans doute déjà mobilisé tout son être. Elle était beaucoup trop pour lui.

— Et toi ? demanda-t-elle à un moment, en se tournant vers lui.

Il tenta de se rappeler le contexte.

— Tu fais quoi ? précisa-t-elle.

Bonne question. Avec une netteté cruelle, il comprit qu'il allait être obligé de lui mentir, à elle aussi. Il regarda stupidement Husson, comme un enfant timide espérant que sa maman réponde à sa place.

— L'édition free-lance, c'est ça ? l'encouragea le journaliste.

Baptiste hocha la tête avec une expression qu'il espéra ironique.

— Il préserve sa part de mystère, conclut Husson en faisant signe qu'on les resserve.

— Je trouve ça bien, approuva Elsa.

Aidé par l'alcool, Baptiste parvint progressivement à apprivoiser la proximité d'Elsa. Il se concentra sur ce qu'il savait d'elle. Quelques-uns des prénoms masculins barrés, à la page qui lui était consacrée dans la bible paternelle, lui revinrent en mémoire. Laurent, Hugues, Louis. Elle trouvait Husson hyper beau. Husson s'appelait Gabriel.

Peu à peu, ce qui se jouait sous ses yeux commençait à lui apparaître. Husson se livrait à un numéro de charme très classique et elle le regardait faire. « C'est lui qui m'a draguée, à la soirée Vuitton », se souvint-il. Ils se draguaient, donc, et lui était là, ridiculement surnuméraire, douloureusement au courant de tout, tristement plus amoureux à chaque minute. Et, par son silence, à chaque minute plus complice d'Husson. Le moment allait bientôt venir où il lui faudrait partir pour les laisser en tête-à-tête. Il n'avait rien à faire dans ce bar.

Entre deux répliques spirituelles, qui amusaient visiblement Elsa, le journaliste se tournait vers Baptiste, guettant ses réactions. Il avait besoin d'un public.

Cette constatation lui rappela le mot « show », récemment prononcé par Fanny.

Fanny.

Penser à elle, brutalement, le tira de sa léthargie. Il se secoua, se redressa sur son tabouret, comme s'il revenait tout à coup à lui et au monde.

— Ce type te ment, prononça-t-il.

Elsa et Husson s'interrompirent et le regardèrent, un sourire flottant sur leurs visages. Dans le contexte d'ironie légère où se déployait la conversation, son interruption pouvait peut-être passer pour une plaisanterie.

— Il veut coucher avec toi pour obtenir des renseignements sur ton père. Il me l'a dit.

Ces mots avaient été prononcés d'une voix basse et distincte, inspirée, pour ses reflets métalliques, par celle de Jouvet. Elle produisit une déflagration silencieuse. Puis Husson tenta d'éclater de rire. Il n'y parvint pas.

— On ne se connaît pas, poursuivit Baptiste, mais il s'imagine qu'on est sur la même longueur d'onde sous prétexte que j'admire les livres de ton père. Au début, je l'ai intéressé parce qu'il pensait que j'étais au courant de certaines choses. Et comme ce n'était pas le cas, il a décidé de revenir vers toi. Tu es son plan B. Je pense qu'il avait déjà cette idée en tête quand il t'a branchée à la soirée Vuitton.

Husson pâlit puis rougit par plaques.

— La soirée Vuitton ? balbutia-t-il, cherchant sans doute à se rappeler s'il en avait fait mention à un moment ou à un autre, scrutant maintenant Baptiste d'un œil perplexe et terrifié.

Elsa qui, jusqu'à présent, s'était tenue légèrement inclinée en avant, les coudes posés sur la table, offrant aux regards de Baptiste la courbure délicatement cambrée de sa colonne vertébrale et le bas nu de son dos, se redressa.

— C'est quoi, ce délire ?

— Ce n'est pas un délire.

Sans l'avoir le moins du monde prémédité, Baptiste

griffonna son numéro sur un bout de papier qu'il tendit à Elsa.

—Si tu veux, appelle-moi, on en reparlera. Je dois y aller.

Oui, c'était bien. C'était parfait. Partir maintenant. Se lever, marcher jusqu'au bar, régler les consommations. Dans les confins de son champ visuel, Husson et Elsa se tenaient immobiles et flous, peut-être silencieux. De toute façon, le brouhaha du bar était trop compact pour entendre quoi que ce fût. Les clients riaient, le volume de la musique avait encore monté, des choses s'entrechoquaient. Il faisait chaud. Il tendit un des billets de Chozène au patron et s'éloigna sans attendre la monnaie.

Il marcha longtemps dans le soir, s'efforçant de ne pas repenser à cette scène, qu'il conservait dans un coin de sa conscience comme un coffret à rouvrir plus tard. Mais l'image d'Elsa ne le quittait pas. Il parvint à l'associer à son rêve, au souvenir presque tactile de sa main sur la cheville blessée de la jeune fille. Son fantasme onirique était tout à la fois perturbé et nourri par les épaules nues de Fanny.

De retour chez lui, il découvrit quatre messages pour Chozène et se concentra sur sa mission. Il lui fallut quelques exercices d'assouplissement vocaux pour retrouver les intonations de l'écrivain. Puis, plein d'énergie, il rappela les trois premiers impétrants, un Bernard, dont la bible disait simplement qu'il avait publié deux livres *assez intéressants* mais ne parvenait pas à achever le troisième *(lui faire comprendre que l'autofiction est une impasse),* Jean-Louis, le traducteur coréen qui revenait à la charge sur la bourriquette (il ne céda pas), et Arsène Forgeard, le cinéaste, apparemment tenaillé par l'angoisse de s'être montré trop insistant au cours de leur dernier entretien (il le rassura et lui parla longuement de son sens de l'ellipse dans *Les Circuits électriques).*

Ces trois coups de fil le satisfirent. Il se rendit compte qu'il avait beaucoup gagné en assurance et comprit pourquoi, en rappelant Nathalie, dont le message était si long qu'il avait été interrompu par la boîte vocale. En fait, il ne se contentait plus d'imiter Chozène. Il développait son personnage.

Il éluda les questions de Nathalie qui voulait à nouveau savoir s'il avait quelqu'un et orienta la conversation sur Elsa.

— Tu la trouves comment, en ce moment ?

Nathalie en resta sans voix.

— Tu me demandes mon avis ? Sur notre fille ?

— Évidemment ! Ça t'étonne ?

Elle eut un petit rire plaintif.

— Oui, ça m'étonne. Tu t'intéresses aux gens, maintenant ?

En substance, c'était à peu près ce que lui avait demandé Chozène père. Il en fut si troublé qu'il raccrocha sans répondre. Puis il ouvrit la bible à la rubrique Elsa et raya soigneusement le prénom d'Husson.

~~Gabriel~~.

Une bien jolie biffure.

Pendant une heure, il rêvassa. Des voix s'entrelacèrent dans son cortex, des parcelles de conversations. Elsa, Husson, Chozène et son père mobilisaient l'essentiel de sa conscience et de ses réflexions. De vagues questions débouchaient sur des réponses informes. Il fut même un instant préoccupé par le futur voyage de l'écrivain à Cologne et tâcha de se rappeler ce qu'il avait répondu à Mireille, l'attachée de presse.

Puis il se consacra entièrement à Elsa.

Parasitées par la présence d'Husson, les maigres minutes passées en sa compagnie avaient été soustraites à la réalité et il commençait tout juste à en éprouver les effets, à mesure que lui revenaient ses gestes, ses mines et le souvenir de son parfum. Riche de ces informations nouvelles, il se repassa l'interview d'elle deux fois de suite et ressentit les exquis picotements de l'absence. Il fallait qu'il la revoie. Le plus vite possible.

Comme il tentait de forger un plan, puisant son inspiration dans un gros pot de beurre de cacahuète saturé d'huile de palme, le téléphone de Chozène sonna. Numéro inconnu. Il prit la communication.

— Bonsoir monsieur Chozène, pardonnez-moi de vous importuner. Je m'appelle Gabriel Husson, je suis journaliste littéraire.

— Qui vous a donné mon numéro ?

Un bref silence lui laissa le temps de raffermir son identité composite. Il essaya de réfléchir. Que s'était-il passé entre Elsa et Husson après son départ du Lucky ?

— Je suis un ami de votre fille, esquiva le journaliste.

Baptiste eut alors la certitude qu'Husson avait fouillé dans le répertoire d'Elsa, à un moment ou à un autre. Il suffisait qu'elle lui ait demandé de garder son sac pendant qu'elle allait aux toilettes.

— Et donc, insista Baptiste, elle vous a donné mon numéro ?

— Monsieur Chozène, je relisais encore, l'autre jour, le bel entretien que vous avez accordé au Monde des Livres.

Voix chaude et profonde, avec des notes de caramel, ton nostalgique teinté d'humour complice, connivence balayant la mesquinerie des détails, des processus, des enchaînements fortuits d'événements contingents pour caresser l'essentiel, à savoir que cet homme, Gabriel Husson, était votre ami, devait l'être, le serait, qu'il vous comprenait mieux que tous les autres, que si, d'aventure, l'occasion vous était fournie de visionner en sa compagnie votre film préféré, vous réprimeriez ensemble la même larme bouleversée devant votre scène fétiche, celle qui vous a révélé, à vingt ans, la nature profonde et mystérieuse de l'Art. Que la vie ne vous ait pas encore fourni l'occasion de vivre ce moment relevait de l'injustice ontologique. Alors, franchement, ces sordides histoires de numéros de téléphone, qui s'en souciait ? Qui s'en soucierait dans les siècles des siècles ?

— Je suis un peu pressé, maugréa Baptiste.

— C'était il y a cinq ans, monsieur Chozène. Depuis, le monde attend de vos nouvelles.

— Cinq ans, déjà ?

— Que diriez-vous de prendre le temps d'aller au fond des choses ?

— Je ne le fais jamais. Par exemple, je ne lis pas les notices des appareils que j'achète.

— Je viens de relire tous vos livres. Dans l'ordre chronologique. J'ai mille questions.

— Je suis sûr que mon téléphone permet de bloquer certains numéros. Les « indésirables », vous savez ? On m'a dit qu'ils possèdent presque tous cette fonction, maintenant. Je vais me renseigner.

— Monsieur Chozène…

Baptiste raccrocha.

Il regarda, dans un coin de la pièce, se former une zone d'obscurité à mesure que le jour déclinait derrière le Velux, et se dit qu'il faisait noir dans les livres, quand on les refermait. Comme dans le frigo. Nouvel appel entrant. Elsa.

— Papa ? C'est moi. Tu as décroché !

— Mais oui. Comment vas-tu ?

— Je ne sais pas. Je t'appelle au sujet du garçon dont je t'ai parlé. Gabriel Husson.

— Mmmmh.

— Il s'est passé quelque chose d'étrange.

Les yeux toujours fixés sur la pénombre en gestation, Baptiste l'écouta lui raconter sa rencontre avec lui et l'informer de ce qui s'était passé après qu'il avait quitté le Lucky.

— Cet homme est un salaud, trancha-t-il.

Elle se tut quelques secondes, sans doute déroutée par l'inhabituelle fermeté du ton et du propos.

— Figure-toi qu'il vient de m'appeler.

Il lui raconta, modulant les accents d'une indignation non feinte. Elle s'offusqua du procédé, ils communièrent dans l'indignation, convinrent que salaud n'était pas usurpé, raccrochèrent.

Moins d'une minute plus tard, elle appelait.

Sur le téléphone de Baptiste.

Délai bien bref pour redevenir soi-même. Oubliant sa propre voix, il laissa percer dans son « oui, allô ? » une inflexion balladurienne, révélatrice, pour qui le connaissait bien, d'un stress d'au moins huit sur une échelle de dix. Mais elle ne parut pas s'en apercevoir. Sa propre nervosité s'entendit dans les syncopes de son phrasé. Soucieux de rétablir le niveau de familiarité qu'elle avait instaurée entre eux en le tutoyant d'emblée au Lucky, il consacra beaucoup d'énergie à enchâsser dans ses phrases des « tu » aussi décontractés que possible. Par bonheur, Husson fournit à leur nervosité réciproque un heureux dérivatif et ils ne tardèrent pas à le vouer ensemble aux gémonies. Il dépara d'une seconde biffure le prénom du journaliste dans la bible paternelle.

Husson épuisé, il chercha un autre sujet.

— Ça doit t'arriver souvent, ce genre de truc.

— Quel genre de truc ?

— D'être approchée par des (il hésita entre types et mecs) gens par rapport à ton père.

Bref silence, difficile à interpréter.

— Pas tant que ça. C'est quand même pas les Beatles.

Bien sûr. Il avait gaffé. Il aurait fallu embrayer sur sa vie à elle, sur sa personnalité, son travail. D'autant moins pardonnable qu'il s'était documenté, et connaissait mieux sa peinture. Il griffonna Beatles sur le rabat d'une boîte d'After-Eight.

— Justement, dérapa-t-il en catastrophe, j'adorerais voir ce que tu fais.

— Ce que je fais ?

— Tes tableaux.

Tableau n'était peut-être pas le bon mot. Dans sa bouche, il sonna bizarrement dix neuvième, s'orna de dorures grandiloquentes et parut ringard. Il retrouva dans son historique les sites qu'il avait consultés concernant les rares galeries exposant les œuvres d'Elsa, pêcha deux ou trois précisions qu'il dut reformuler pour dissimuler le copier-coller.

— Tu fais quoi, déjà, dans la vie ? répondit-elle.

Il parvint à composer une réponse presque crédible, avoua la rédaction des newsletters et l'assortit d'intentions plus ou moins littéraires, éditoriales (la formule « apporteur de projets » lui vint opportunément), élargit ses appétences à l'art en général, confia qu'il se cherchait encore. Les phonations élusives dont elle gratifiait ses propos ainsi qu'un lointain tintement métallique lui firent soupçonner qu'elle s'adonnait en même temps à une autre activité, culinaire ou cosmétique. Mais au moment où il se convainquait qu'il avait tout gâché, elle lui proposa de le revoir.

— Je pourrais te montrer des trucs.

Puis, sans hésitation, elle lui indiqua son adresse qu'il nota sur la boîte d'After-Eight.

— Demain, en fin d'après-midi, ça te va ?

Le téléphone de Chozène sonna.

— C'est marrant, tu as la même sonnerie que mon père !

Il bâillonna l'appareil, paralysé par l'impossibilité où il se trouverait, si elle le lui demandait, d'expliquer comment son portable pouvait sonner alors même qu'il l'utilisait pour parler avec elle ou, plus simplement, pourquoi il possédait deux portables. Il résista in extremis au besoin de se justifier, tablant sur le fait qu'elle mettrait son silence sur le compte de notre répugnance à éclaircir certains petits mystères anecdotiques et finalement décevants. Il prit l'audacieux parti de conclure.

— OK pour demain, en fin d'après-midi, alors. Bonne soirée !

Et raccrocha.

Se repassant la séquence, il conclut qu'il s'en était peut-être assez bien tiré. Se la repassant à nouveau, il en fut moins sûr. Il aurait dû au moins attendre la réponse d'Elsa à son bonne soirée. Pour éviter d'y penser, il consulta l'appareil de Chozène. C'était Nathalie qui avait tenté de le joindre. Il rappela.

— Rien de spécial, répondit-elle. J'avais envie d'entendre ta voix.

Cette déclaration lui rappela opportunément de se concentrer pour revêtir le costume vocal du romancier. Encore obnubilé par sa conversation avec Elsa, il avait failli oublier.

— J'ai senti des choses, la dernière fois, poursuivit Nathalie.

Quelles choses ? Quelle dernière fois ? Il marcha jusqu'au Velux, fit craquer des os dans son dos, se hissa sur la pointe des chaussettes, dessina une tête dans la buée à travers laquelle tremblotait Paris.

— Je suis en plein travail.

— Nathalie.

— Pardon ?

— Mon prénom, tu sais bien…

— Oui, je sais, mais…

— On pourrait se revoir ?

La figure qu'il avait tracée sur la vitre se déformait déjà, se décomposait en gouttes grasses et grises.

— Plus tard, peut-être.

— Tu n'as pas dit non !

— Nathalie…

— Tu as dit Nathalie.

Sa voix était étrange. Plus gourmande, plus pleine, lui parut-il.

— Tu te souviens du *tressaillement ?*

— Pardon ?

— Ne fais pas semblant. Tu ne peux pas avoir oublié. C'était ton mot. Le tressaillement. Ce long sursaut, juste avant l'orgasme.

— Nathalie, j'ai vraiment du travail.

Passant la main sur son front, il s'aperçut qu'il transpirait et s'efforça de déverrouiller le Velux rétif par un jeu de contorsions complexes. L'air frais ne lui fit pas de bien.

— Tu bougeais en moi, lentement, et tu me récitais ce poème idiot. C'est alors qu'il venait. Le tressaillement. Meilleur que la jouissance parce qu'il en était la promesse.

Baptiste posa le téléphone sur la table basse et s'affala sur le canapé. La voix de Nathalie s'en extirpait comme d'un vêtement trop étroit.

— Le sexe ! s'exclama-t-elle. Tu ne pourras jamais nous enlever ça.

Il relut le mot Beatles, griffonné sur le paquet de confiseries et, durant toute une seconde, ne sut plus ce qu'il faisait là ni qui étaient les Beatles. Puis il approcha lentement son index du smartphone et coupa la communication. Elle rappela aussitôt, il manipula l'appareil pour chercher le mode silencieux et, ce faisant, s'aperçut que l'appel provenait en fait du père de Chozène. Perturbé, il décrocha sans le vouloir.

— Bonsoir, mon fils.

Mon fils. Les deux mots avaient été prononcés avec une fausse emphase, très appuyée. Il se concentra pour se rappeler leur dernier échange. Il y avait un contexte. Il feuilleta la bible mais il n'avait rien noté d'utile. Mon fils. Oui, ça lui revenait, une histoire d'ennui. De dialogues artificiels. Le père reprochait à Chozène la facticité de leurs conversations, il attendait du neuf, du sincère, peut-être. De l'authentique.

— Comment vas-tu ? tâtonna Baptiste.

Silence zébré de grésillements, comme si le vieil homme promenait l'appareil sur ses joues rêches, à la façon d'un rasoir électrique.

— C'est la question, répondit-il finalement, assortissant sa phrase d'un éclat catarrhal de mauvais augure.

La conversation du vieil homme ne fournissait aucune prise, on y progressait comme sur une face nord glaciale et battue par les vents.

— La question ?

Cette tentative de maïeutique primaire ne porta aucun fruit. N'y répondirent que de longues rafales de silence glacé.

— Écoute, s'irrita soudain Baptiste, j'ai l'impression que tu me reproches quelque chose.

— Sans blague ?

Le jeune homme soupira, se concentra sur son rendez-vous du lendemain avec Elsa. Un rendez-vous, exactement. Un rendez-vous. Rends-toi. Bien sûr, bien sûr que je me rends. Je me livre, pieds et poings liés.

— C'est dommage, j'avais espéré que toi et moi, nous pourrions peut-être enfin nous parler, déplora le père dans un nuage de friture.

— Mais oui ! Mais parle-moi, papa !

Trop exclamative, sa réponse avait ripé dans le strident. Il recala sa voix en répétant papa, deux tons plus bas.

— Je ne suis pas exactement d'humeur à plaisanter, l'informa le vieil homme en raccrochant.

Baptiste souffla longuement et tenta de se tenir aux lisières des sentiments. Tâcha de se convaincre qu'au fond, ce n'était pas sa vie. Pas tout à fait.

Il s'endormit mal.

Je t'en supplie, implorait le SMS de Nathalie, *dis-moi que nous tressaillirons à nouveau un jour.*

Baptiste fronça les sourcils, hésita puis répondit : *Laissons l'avenir en décider.*

Merci !!! s'exclama l'écran moins d'une minute plus tard, *la vie circule à nouveau dans mes veines. Je sais que ton amour n'est pas mort, Pierre. Je le sais.*

Les points d'exclamation l'inquiétèrent. Ainsi multipliés, ils évoquaient un trident. Il n'était pas assez concentré. Au cours de la matinée, il avait rangé son appartement, au cas où Elsa y viendrait. Des sous-vêtements séchaient sur un étendoir, dans la cabine de douche. Il s'était acheté un lot de caleçons neufs à motifs mondrianesques et des chaussures de running milieu de gamme qu'il laissa savamment traîner dans l'entrée.

Pourquoi avait-il envoyé à Nathalie ce SMS complètement crétin ? En l'effaçant, il constata qu'elle lui en avait adressé une nouvelle salve. Il supprima toute la conversation sans lire.

Il lui apparut tout à coup qu'il ne pourrait se rendre l'esprit libre au rendez-vous d'Elsa s'il n'était pas parvenu auparavant à obtenir le blanc-seing de Chozène au sujet de son père. Pouvait-il se permettre de continuer à évoluer avec le vieil homme dans cet entre-deux où les conduisait systématiquement leurs échanges sans objet défini ? Ce père, quand même, c'était du sérieux. C'était un livre à venir. Que devait-il s'autoriser ? Un faux-pas et, il s'en convainquit, tout pouvait basculer. Mais il ne voulait pas non plus trop inquiéter le romancier, ni troubler l'heureuse parenthèse créative où il s'était installé. Dans le doute, il l'appela, un peu avant midi.

—Vous êtes à court d'argent ? s'inquiéta Chozène.

—Non, pas du tout, mais j'aurais besoin de votre avis sur…

—Passez maintenant, si vous voulez. On déjeunera. Je ne me suis pas encore mis au travail.

—Je ne voudrais pas…

—Venez, je commande un truc. J'aime bien causer avec vous.

Une heure plus tard, un Chozène souriant et mal rasé lui ouvrait théâtralement la porte.

—Entrez, Baptiste !

D'abord euphorique puis aussitôt sidéré par cette familiarité déjà solide avec le grand homme, il faillit lui faire la bise. Il maquilla cet élan flou en une sorte de trébuchement auquel l'auteur eut la courtoisie de ne pas prêter attention. Ou peut-être qu'il ne remarqua rien car, tout mieux considéré, les mouvements de Chozène affectaient une emphase guindée suggérant qu'il n'avait pas attendu son invité pour attaquer l'apéritif. Il lui proposa néanmoins un gros demi-verre de vin cuit et, s'étant servi à son tour, lui demanda si tout allait bien.

Baptiste, enfoncé dans son fauteuil – désormais presque – habituel comme dans un cocon de cuir, se sentit rassuré par sa légère fragrance de vache. Les accoudoirs bombés et tièdes semblaient avoir conservé la chaleur maternelle de la bête, ressuscitant chez lui un vieux fantasme d'objets taillés à même l'animal, claviers d'ivoire ou mules en poussin. Il avait consacré son trajet en taxi à se demander comment aborder la question du père, perturbé par les propos du chauffeur qui vitupérait mollement l'époque, sollicitant un chorus avec l'effrayante autorité de ceux qui travaillent dans le monde réel. Moins Baptiste répondait, plus le chauffeur augmentait le volume d'un rap sentencieux qui l'avait laissé complètement épuisé.

Mais son hôte, tout à sa joie de vivre, oublia complètement de se renseigner sur les motifs de sa visite. Débarrassé de son téléphone, il semblait pleinement capable de ne plus chercher à comprendre.

— Oui, céda finalement Baptiste. Tout va très bien.

Au fond, Chozène le payait pour ça. Ils vidèrent leurs verres.

L'écrivain, soulagé de la fatigue que lui causaient ses obligations d'être civilisé, avait recouvré sa joyeuse sauvagerie d'enfant. Sa voix vibrait d'une énergie nouvelle et ses gestes rajeunis donnaient une idée assez précise de l'homme qu'il avait sans doute été, à l'âge de Baptiste. Un garçon nerveux, maladroit, tonique, insoucieux des convenances et qui postillonnait.

— Je m'intéresse pas mal à la fin du monde, ces temps-ci, avoua-t-il. La collapsologie.

— La ?

— Le mot est affreux, reconnut Chozène en s'abstenant de le répéter. C'est une branche de la science qui essaie de prévoir la date et les modalités du grand effondrement.

— L'effondrement de quoi ?

— De tout. De la finance, de l'économie, du lien social, de la politique. Et, bien entendu, de l'équilibre climatique. On parle beaucoup de 2050.

— À quel propos ?

La main de Chozène exécuta une danse gracieuse et prudente, qu'il accompagna d'une mimique gourmande.

— Montée des eaux, submersions, grandes vagues migratoires.

Ils passèrent à table. Chozène avait commandé des plats hétéroclites et raffinés, qui tiédissaient dans leurs barquettes, sur la vaste table. Il sortit deux assiettes d'un vaisselier.

— On garde nos verres, intima-t-il.

Plus tard, en décortiquant ses gambas, Baptiste fut curieux de savoir si Chozène avait un avis sur Husson et cornaqua nonchalamment la conversation vers des sujets connexes, l'actualité, les guerres, Médiapart. D'abord, l'écrivain se contenta de hocher la tête, aspirant bruyamment l'intérieur des têtes, puis il tourna la sienne vers Baptiste et demanda tout à trac :

— Vous connaissez Gabriel Husson ?

La question demeura en suspens, comme la décapitation de la crevette que le romancier désarticulait entre ses belles mains soigneuses, et dont les yeux tournés vers Baptiste paraissaient exprimer une patience morne.

— Husson ? Absolument pas.

L'adverbe sonna faux, comme souvent. Le rostre du crustacé heurta la faïence, avec un tintement, puis roula dans la mayonnaise.

— C'est un des meilleurs, affirma Chozène.

Il haussa le menton, quêtant l'acquiescement de Baptiste avec une sincérité juvénile, comme s'il était prêt à abjurer son estime pour le journaliste à la moindre moue du jeune homme, qui s'absorba dans son assiette.

— Il a lu, dit Chozène. Beaucoup. Et, comment dirais-je, il saisit les choses.

Ayant déboutonné la carapace de sa crevette, il en observa la chair rosâtre avec scepticisme avant de la grignoter.

— À la limite (il s'interrompit pour examiner mentalement cette limite), si je devais m'entretenir de mon projet avec quelqu'un, je crois que ce serait lui.

Il hocha la tête à deux reprises. Baptiste ne dit rien.

— Vous devez trouver tout cela bien dérisoire, non ? reprit Chozène.

Baptiste n'entendit pas la question, trop tracassé par l'imbroglio où l'entraînerait nécessairement le problème Husson, et réfléchissant à un moyen d'observer dans ses échanges téléphoniques à venir la neutralité la plus stricte.

— Ma petite vie, le passé de mon père, alors que le monde va disparaître.

Comme Chozène paraissait s'engager dans un monologue ondoyant, le jeune homme prit sur lui d'attaquer une nouvelle barquette, de la limande au chorizo.

— Curieusement, j'y pense beaucoup, à ma vie, depuis que je ne m'en occupe plus. La nuit, surtout. Vous savez pourquoi les garçons échouent à l'école, d'après les psychologues ?

— Non, avoua Baptiste.

Le chorizo piquait.

— Parce qu'ils ne parlent pas suffisamment avec leurs pères. Ça m'a fait drôle quand j'ai lu ça, vous imaginez. Mon père ne m'a jamais beaucoup adressé la parole, c'est vrai. Et si j'avais mieux réussi à l'école je ne serais sûrement pas écrivain, mais…

— Mais ?

— Mais j'ai toujours senti sur moi son regard. Sa bienveillance. Son approbation. Ça m'a porté.

Baptiste déposa timidement une limande dans un coin de l'assiette de Chozène, qui évoquait un meurtre de masse. L'écrivain fronça les sourcils.

— Par contre, je vous mets en garde.

Baptiste suspendit son geste.

— Méfiez-vous de Nathalie, mon ex-femme. C'est un crotale.

Ils demeurèrent un moment silencieux, les yeux dans les yeux. Puis Chozène déboucha un romanée-conti et repartit sur la fin du monde.

À un moment, il se leva, quitta le salon et revint avec une pile d'ouvrages qu'il déposa devant Baptiste : *Ce cauchemar qui n'en finit pas, L'individu qui vient, Seuls ensemble, Le Sens des limites, L'Empire du moindre mal.*

— Ils sont très bien. Je vous les prête. Déprimants, bien sûr, mais très bien. On comprend mieux comment et pourquoi on va disparaître.

Il se leva de nouveau, fouilla dans un tiroir et y prit une nouvelle enveloppe de billets.

— Avant que j'oublie.

Il se rassit pesamment, but quelques gorgées lentes, et ses pupilles se troublèrent. Baptiste se demanda s'il serait en état d'écrire la moindre ligne, cet après-midi.

— Vous vous dites que je bois trop, commenta Chozène. Vous avez raison. Ce n'est pas un scoop, tout le monde le sait. Ça m'a déjà joué des tours.

Avec une pointe de tristesse, Baptiste prit conscience que l'écrivain n'attendait de lui qu'une attention silencieuse. Peut-être un peu de compréhension. Il le payait pour ça aussi.

— J'ai gâché une belle histoire, poursuivit Chozène. Une femme extraordinaire.

Le jeune homme se tortilla sur sa chaise.

— Mona… soupira Chozène. Elle a fini par en avoir marre. Un soir, j'avais bu, je lui ai dit des choses horribles. Et vous voulez savoir le pire ?

Non, pensa Baptiste.

— Le pire, c'est que je ne m'en souviens pas. Mais du jour au lendemain, *pfft*, elle a cessé de m'appeler et refusé de me voir.

Après cet aveu, dont Baptiste ne mesura que progressivement l'importance et la valeur, Chozène se tut complètement. Il cessa de boire et de manger, tourné vers son théâtre intérieur. Il paraissait avoir oublié la présence de son invité, s'efforçant peut-être de reconstituer la grande scène de rupture, composant des souvenirs apocryphes dont les nuances passaient sur son visage, comme des ondes. Mona. Baptiste croyait se rappeler ce prénom, il l'avait croisé au détour d'une page de la bible.

Progressivement envahi par une tendresse émue, il eut envie de secouer l'écrivain, de le consoler, de l'emmener avec lui dehors, au soleil, ou dans un bar. Il eut envie qu'ils aient le même âge, mais le fantôme du jeune Chozène s'était retiré, laissant derrière lui une écume de nostalgie poisseuse.

Pour essayer d'extirper le romancier de ses sombres pensées, il lui posa quelques questions hésitantes sur le grand effondrement et parvint, peu à peu, à lui rendre le sourire.

— Bon, Baptiste, je ne vous mets pas à la porte, finit par s'exclamer Chozène, mais il faut que je me remette au travail.

Il était à peine trois heures quand Baptiste se retrouva sur le trottoir qui le mènerait jusqu'à la fin de l'après-midi. Il se félicita d'avoir oublié chez Chozène les livres apocalyptiques et s'assit sur un banc pour consulter la bible qu'il transportait partout dans le sac de cuir fourni par Fanny. Les quelques lignes que l'écrivain avait consacrées à Mona étaient si soigneusement raturées qu'il ne put en déchiffrer le moindre mot.

Il fit un point sur ses bévues. La plus grave était peut-être d'avoir éconduit Husson. Encore que. Non, le danger semblait plutôt lié à Nathalie. De fait, elle lui avait encore adressé quatre SMS, qu'il effaça sans les lire. Pour tuer le temps et ne pas trop penser à son rendez-vous avec Elsa, il rappela Jean-Charles *(vieux copain de lycée, tendance à l'exhibitionnisme),* dont les propos cryptiques tentèrent de l'inviter à célébrer, avec une bonne humeur égrillarde, le souvenir exalté d'une lointaine « chasse aux lapins ». Ne parvenant pas à déterminer si l'équipée en question relevait de la cynégétique ou du sexe en réunion, il louvoya, puisant dans un lexique à large spectre et raccrocha dès qu'il put.

Sur un coup de tête, il passa voir Fanny. Elle l'accueillit comme s'il l'avait quittée dix minutes plus tôt pour aller chercher le pain.

—Tu as super bonne mine, Bape, le complimenta-t-elle avec sérieux.

—Justement, Fanny, j'ai pensé à un truc, ça te plairait, comment dire, de travailler pour moi ?

Elle l'examina, immédiatement concentrée sur un bref débat intérieur dont il n'essaya pas de déterminer les éléments, puis acquiesça. C'était bon. Fanny n'avait jamais besoin d'arguments.

—Tu veux quoi ? Encore des fringues ?

—Oui, mais cette fois, je te paye.

Il fouilla dans son sac, en extirpa une poignée de billets froissés. Elle hocha la tête, les prit, les lissa, les glissa dans son soutien-gorge avec un gracieux naturel.

—D'accord. On reste dans le même esprit ? Je vais te faire des chemises. Je pense que maintenant, on peut partir sur les fleurs.

Il hocha la tête. Les fleurs, très bien.

—L'amour t'améliore, poursuivit-elle. Tu me donnes des idées de velours. Je vais fouiller dans mes stocks.

Il la suivit dans la pièce où elle entreposait ses étoffes.

— Pour l'amour, nuança-t-il, je ne suis pas sûr. Je dirais plutôt…

— Tu aimes le violet ?

— Aucune idée.

— Parfait.

Elle testa sur lui des couleurs et des formes, reprit ses mesures, remarqua qu'il avait un peu forci depuis la dernière fois. Il échoua à lui faire poser des questions sur Elsa, obtint une réponse laconique concernant Vincent et le théâtre et finit par se taire complètement, tandis qu'elle tournait autour de lui, les lèvres hérissées d'épingles.

Il repartit, vêtu de tissus souples et parfumés, avec la promesse d'autres costumes. En le quittant, Fanny lui avait donné sur la fesse gauche une chiquenaude encourageante qui le propulsa vers Elsa.

L'appartement d'Elsa s'organisait autour des grands rayons de lumière qui le traversaient de part en part. La décoration consistait en un savant échafaudage de plantes graciles et d'objets choisis pour leur légèreté, formant des passerelles de claustras en bibliothèques et reflétés par les lames luisantes du parquet. Des tableaux, à divers stades d'avancement, étaient posés contre les murs ou accrochés, presque toujours de travers. Ils représentaient tous des hommes extraordinairement beaux. Elsa portait des chaussettes rayées.

En posant ses lèvres sur la joue de Baptiste, elle caressa le tissu de sa manche.

— C'est rare, d'être aussi doux, commenta-t-elle.

Elle le fit asseoir sur des coussins et il se demanda s'il devait ôter, lui aussi, ses chaussures. S'il aurait dû. Loin de s'effacer, la question insista, se reposa sans cesse, oblitérant une partie de leur conversation, convoquant de désagréables souvenirs de situations similaires, dans l'enfance, ou de lectures de romans nordiques contemporains. Elsa posa un plateau entre leurs pieds, ils burent un thé amer.

— J'ai beaucoup repensé à toi, avoua-t-elle, à la façon dont tu t'es comporté, au Lucky.

— Dont je me suis comporté ? Tu trouves que je me suis comporté ?

Des rides apparurent sur le front d'Elsa, accompagnant la quête d'un terme plus approprié.

— Dont tu as agi ?

— J'aime mieux. Comporter, je ne sais pas, ça fait bulletin scolaire.

— Oui, exact.

Ils se comprenaient. S'entendaient sur les mots. Baptiste réussit tout de suite à mettre de côté presque tout ce qu'il avait appris sur elle, à refaire connaissance avec la jeune fille, en présence de son corps.

— C'était courageux, dit-elle.

Il fixa les longues chaussures minces que Fanny lui avait fournies. Elles présentaient une patine de bon aloi, miel et tabac. Mais, face aux chaussettes d'Elsa, elles paraissaient guindées comme deux voyageuses de classe affaires.

— Je ne sais pas, tempéra-t-il, il m'a énervé.

— Tu veux que je t'avoue un truc ?

Il sourit, ravi d'être aussi vite le destinataire d'un aveu. Elsa partageait-elle avec Fanny cette aisance dans la familiarité spontanée, ce désir d'en venir vite à l'essentiel ou était-ce un phénomène de génération ? Peut-être la proximité du grand effondrement ne permettait-elle plus les raffinements dilatoires des conversations Grand Siècle. On causait entre sursitaires, la coquetterie aristocratique était désormais suppléée par la douce désinvolture des naufragés.

— J'adorerais.

— J'étais en train de tomber amoureuse de lui.

Ou alors ça venait de lui. Il suscitait la confession. Et, contrairement à ce qu'il avait cru, cette compétence ne s'exerçait pas uniquement au téléphone, elle ne tenait pas au fait qu'il avait endossé le prestige de Chozène.

—Il était temps que j'intervienne.

Tel le coup de pouce du boulanger dans un pâton frais, le sourire d'Elsa imprima sur ses joues deux fossettes parfaites.

—Dommage, soupira-t-elle.

Il se souvint qu'il était censé se trouver chez elle pour admirer ses tableaux et leva les yeux vers eux. Sur les toiles, les hommes lui rendirent son regard sévère.

—Tu es très, très douée.

Hissant délicatement sa tasse fumante, il se mit debout et s'approcha d'un portrait. Il fut frappé par la fermeté de la touche, par la justesse des rapports et des contrastes. Les figures traduisaient une nécessité logique, une évidence, comme si elles ressentaient le profond soulagement d'avoir été tirées du néant pour apparaître enfin, pour prendre corps sous les doigts d'Elsa, à ce moment précis de l'histoire humaine.

—C'est tous des mecs qui ont posé pour moi, ici, dans l'appartement, crut-elle utile de préciser.

Il approuva, d'une grimace excessivement admirative, qu'elle ne remarqua pas, trop occupée à examiner une toile représentant un individu maigre et blafard, dont elle grattouilla le pomme d'Adam très proéminente.

—C'est Jakub. Un Polonais que j'ai rencontré à Berlin.

—Il fait quoi ?

—Il est mort.

Elle remua les maxillaires avec une mine navrée, comme si elle était responsable de ce décès, ce qui était peut-être le cas. Consciente d'avoir ouvert la voie à une telle conjecture, elle la noya dans une phrase hésitante sur la propension des Polonais à perdre la vie pour des raisons politiques, ou cardiaques, il n'entendit pas bien.

— Et les autres ?

— Ils vont bien, je crois.

En fait, reconnut-elle, elle l'ignorait. Pour la plupart, elle avait perdu leur trace, après les séances de pose, une dizaine en moyenne par tableau.

— Comment tu choisis tes modèles ?

Elle suspendit le geste de se resservir en thé, apparemment frappée par la question.

— Je ne sais pas. Il faut qu'il y ait un truc, tu vois.

— Non.

— Quand tu entres pour la première fois dans la cabine d'un bateau. Tu sais que tu vas y dormir, une ou plusieurs nuits, que tu vas voyager en dormant. Et aussi que d'autres ont dormi là avant toi, mais que le voyage était différent. Forcément différent. La mer n'est jamais deux fois la même.

Il ébaucha un sourire, au cas où elle plaisanterait, mais non.

— J'ai peur de l'avion, expliqua-t-elle. Donc, quand je voyage, c'est bateau ou train.

Une croisière avec elle ! Une cabine. Ce soir, avant de s'endormir, il déroulerait tous les fils de cette trame fantasmatique. Ce soir et beaucoup d'autres soirs.

— La peinture, bredouilla-t-il, gêné par sa gaucherie, c'est un voyage ?

Il rougit, terrassé de honte, et lâcha une phrase qui le surprit lui-même.

— En fait, ton travail me rappelle celui des imitateurs.

Elle le fixa, éberluée.

— Ceux qui imitent les voix.

— Comme Machin, à la télé ?

Il l'arrêta d'un geste.

— Non, justement. Ça, c'est le dévoiement du truc. On ne conçoit l'imitation que comme une caricature.

Des clowneries. Mais pourquoi ne pas y voir une sorte de portrait sonore ? Un art véritable ?

Elle y réfléchit avec tout le sérieux possible, désireuse d'abonder dans son sens mais se battant les flancs pour trouver des idées comme si, dans un oral de cauchemar, on lui avait demandé d'argumenter sur le nourrissage des lamas.

— Mais, finit-elle par demander, comment tu l'as rencontré, Gabriel Husson ?

Baptiste prit le temps de marcher lentement vers un autre portrait. Ses semelles couinèrent sur le bois vitrifié.

— Je lisais un livre de ton père au Lucky. On a causé.

Ce n'est qu'à cet instant, en prononçant ces mots, qu'il se rappela qu'il lui mentait. Qu'il jouait la comédie alors que chaque seconde passée en sa compagnie lui révélait que Fanny ne s'était pas trompée. Il s'agissait d'amour. Certes, Baptiste n'avait jamais bien compris la casuistique qui distinguait le sentiment amoureux de l'attirance érotique ou de la complicité sensuelle. Pour lui, l'amour, c'était du bloc, du vrac, de l'authentique.

Il fallait tout lui raconter. Immédiatement.

— Tu aimes ses livres ?

Elle s'était assise en tailleur sur le canapé. Il soupira.

— Je sais ce que tu te dis. Tu penses que je suis comme Husson, que j'essaie de me servir de toi pour approcher le grand homme.

— Non, dit-elle en secouant la tête. Je sais que non.

Ils échangèrent un sourire.

— J'ai un certain flair, pour les garçons, prétendit-elle.

Le plus simple, le plus naturel, aurait été de la rejoindre sur le canapé et de se confesser. Il ne le fit pas.

— Un certain flair, mais Husson, tu ne l'avais pas vu venir.

— Si mais… Je m'aveuglais.

— Pourquoi ?
— Parce qu'il m'attirait.
Il réprima une déglutition et manqua tousser.
— Tu vois, avec toi, je ressens quelque chose, reprit-elle.
— Quelque chose ?
— Un calme. Un calme profond.
Il fit quelques pas pour scruter la toile et lui tourna le dos. De près, on n'y voyait plus rien. Un fatras de traits nerveux, des déchirures de lumière. Il se redressa et sentit soudain la présence d'Elsa dans son dos. Une proximité brûlante et précise.
— J'aime bien celui-là, chuinta-t-il.
Un calme profond. Il croyait posséder une expérience déjà riche, en matière de débâcle, mais il n'était apparemment qu'un néophyte.
— Qu'est-ce qui te plaît, dans les livres de mon père ?
— Je ne sais pas. Ils me rappellent la voix qui me parlait quand j'étais puni dans ma chambre, les soirs d'été. La fenêtre ouverte, j'entendais les conversations de mes parents avec les invités.
— Tes parents te punissaient ?
— En fait, non. Mais j'aurais voulu.
Ils se turent. Au froid qui l'envahit, il comprit qu'elle s'était éloignée de son dos. Il se retourna et la vit enfiler des tennis légères.
— Tu sais ce qu'on va faire ?
Tout lui révéler. Maintenant. Il n'avait plus rien à perdre. Tout, plutôt que ce calme profond.
— On va aller le voir chez lui.
— Qui ?
— Mon père. Il va adorer cette histoire de punition.
— Mais…
— Allez, viens.
Elle lui prit le bras et l'entraîna vers l'ascenseur.

En chemin (quel chemin prirent-ils ?) il chercha tous les moyens de faire demi-tour. Mais, outre qu'elle avait glissé son bras sous le sien et que la chaleur d'Elsa, à la saignée de son coude, avait immédiatement présenté les vertus addictives d'une perfusion de bonheur brut, il entrevoyait dans cette petite péripétie l'inexorable effort de la vérité pour se manifester malgré tout, la reposante dynamique des choses reprenant leur place dans l'ordre du monde, la propension des masques à tomber. Chozène serait surpris, bien sûr, déçu, contrarié de devoir tout avouer. Lui-même s'interdisait de mesurer les conséquences, sur sa relation naissante avec Elsa, du tonitruant coup de théâtre au cours duquel elle apprendrait qu'elle avait, ces derniers temps, confié toutes ses affaires de cœur à un inconnu, dans le cadre d'une mise en scène orchestrée par ce père auquel elle avait toujours fait toute confiance.

En fait, à mieux y penser, Baptiste voyait mal comment tout cela pourrait ne pas se terminer horriblement mal.

Il lui suffisait de prétexter n'importe quoi, de s'engouffrer dans n'importe quel porche, de tourner les talons sans mot dire quitte à rappeler demain, muni d'une excuse acceptable.

Il ne le fit pas.

Il l'écouta rire, parler à nouveau des types qui avaient posé pour elle, raconter qu'une tension inévitablement érotique s'installait très vite, au cours des séances, parce que contraindre un corps à l'immobilité totale et le soumettre à un examen approfondi produisait presque mécaniquement du désir, un désir spécial, concentré, bilatéral, et que toute la difficulté consistait à contrarier ce désir, à le transcender, et puis il faisait chaud, elle aimait bien être très peu vêtue pour peindre.

Il hochait la tête, se contraignant à ne lui décocher à la dérobée que des regards brefs et espacés d'au moins vingt pas. Il comptait les pas, ne comprenait rien à ce qu'elle racontait, demandait des explications, se délectait des inflexions joueuses de la voix d'Elsa et élaborait des argumentaires visant à lui démontrer, plus tard, que ce qu'elle éprouvait en sa compagnie était bien autre chose qu'un calme profond.

Puis il songeait qu'il n'y aurait pas de plus tard, parce que, très bientôt, elle le détesterait, ne voudrait plus jamais entendre parler de lui, consentirait tout juste à lui faire remarquer à quel point, en matière de manipulation et de crapulerie, Husson n'était, auprès de lui, qu'un amateur pusillanime. Lancées dans cette direction, ses pensées lui fournirent un sinistre chapelet de griefs contre lui-même. La vérité, c'est qu'il avait trahi son art, vendu son âme en acceptant l'offre de Chozène. Il commençait tout juste à en payer le prix. Il se mit à suer dans sa chemise à fleurs. Bientôt, il fut trop tard pour les faux-fuyants, on était dans la rue terne de l'écrivain, avec ses grandes et lourdes maisons sans histoire, sans vie, par où était-on passé ? Comment en était-on arrivé là ?

Si Baptiste s'était présenté chez Chozène ceinturé par un terroriste, une dague effleurant sa jugulaire, l'écrivain n'aurait sans doute pas eu l'air plus terrifié que quand il le vit s'encadrer dans l'embrasure au bras de sa fille. À son regard égaré, le jeune homme répondit par une expression d'impuissance triste.

— Salut papa !

Elsa se glissa dans le mince interstice entre le chambranle et le corps au moyen duquel son père tentait de faire barrage à l'intrusion. Comme elle n'avait pas lâché le bras de Baptiste, celui-ci bouscula presque le romancier en entrant. Une fragrance iodée flottait dans le vestibule et il constata que Chozène n'avait pas débarrassé la table, après leur repas. Elsa remarqua tout de suite les deux assiettes, attrapa une gamba par la queue et la lâcha dans un tumulus de mayonnaise oxydée.

— Je ne t'ai pas appelé, parce que je savais que tu aurais dit non.

— Tu as bien fait, répondit mécaniquement Chozène, d'une voix inaudible.

— Je voulais te présenter Baptiste. Il aime ce que tu fais.

Au cours de la longue poignée de main qu'ils échangèrent, Baptiste s'efforça, par un jeu tâtonnant de pressions, d'instiller l'idée qu'il n'y était pour rien, qu'il ne fallait rien dire, rien du tout, que la seule issue pour eux était de continuer à mentir. C'était la conclusion à laquelle il était parvenu au moment où Elsa avait posé son doigt sur la sonnette.

— Je n'en reviens pas. C'est incroyable de vous rencontrer.

Un bref rictus convulsif dévoila les incisives et les canines du romancier. Peut-être une tentative de sourire. Il cligna de yeux et, l'espace d'une interminable seconde, Baptiste fut persuadé qu'il allait mettre un terme à la comédie.

— Je suis… Je suis en plein travail, articula Chozène.

— Oui, enfin ça n'a pas l'air de t'empêcher de voir du monde ! se moqua Elsa. Depuis combien de temps tu n'avais pas invité quelqu'un à manger ?

Contrarié, l'écrivain se mit à empiler les assiettes. Baptiste résista à l'impulsion de l'aider.

— Elsa, vraiment, je ne suis pas sûr que ce soit le bon moment.

— Figure-toi que c'est Baptiste qui m'a défendu contre Husson.

Chozène suspendit son geste. Un peu de sauce atterrit sur sa manche.

— Husson ? Comment ça ?

Une onde d'inquiétude traversa le visage d'Elsa.

— Papa, tu n'as pas oublié notre conversation ?

Chozène reposa les assiettes sur la table.

— Mais bien sûr que non !

Il se tourna vers Baptiste, avec un nouveau sourire raté.

— Ma fille se figure que je suis menacé par Alzheimer ! C'est sidérant !

Un bref coup d'œil d'Elsa en direction du bar révéla le véritable objet de son inquiétude.

— Non, mais c'est vrai que je te trouve un peu bizarre, ces temps-ci.

Elle fronçait les sourcils, semblait mettre en rapport des éléments, des épisodes, des détails.

— Bizarre comment ? hasarda Chozène en évitant de regarder Baptiste.

— Je vais peut-être vous laisser, risqua ce dernier.

— Mais non, reste ! intima Elsa en se laissant tomber dans le fauteuil qui sentait bon le cuir.

Chozène chargea quelques couverts sur les assiettes empilées puis les achemina lentement vers la cuisine.

Quand il passa près de Baptiste, il écarquilla les yeux à l'insu de sa fille, en un muet appel au secours.

— Figurez-vous, se lança le jeune homme, que Gabriel Husson m'avait avoué qu'il voulait utiliser Elsa pour vous approcher. Et il avait l'intention de faire de moi son complice.

— Ah bon? s'étonna Chozène en déversant son chargement dans l'évier.

— On en a parlé hier, papa, gémit Elsa.

— Je sais bien, mais…

Il revint à pas lents au salon, en s'essuyant les mains dans un torchon sale et, perplexe, se tourna vers Baptiste.

— Vous connaissez Gabriel Husson ?

— Je l'ai rencontré dans un bar. Nous avons… parlé de vous.

— Ah oui ? Et…

— Il vous adore.

— C'est un bon journaliste.

— Et un salaud ! protesta Elsa.

— Et un salaud, confirma Chozène, dépité.

Dans le silence retombé, le romancier s'employa à faire disparaître maladroitement toute trace du déjeuner, rassemblant les miettes, entassant les raviers et les barquettes, procédant à petits pas vifs de la table à l'évier, emplissant le vaste appartement de claquements, de chocs, de bruits d'écoulement et d'objets heurtés. Il mit en route le lave-vaisselle puis bouchonna la nappe et la secoua par la fenêtre. Quand il voulut brancher l'aspirateur, Elsa l'arrêta.

— Papa, Baptiste est venu pour te voir !

— Pardon, bredouilla son père en tordant le tuyau de l'appareil. J'ai… J'ai horreur du désordre.

— Non, ne t'excuse pas. J'aurais dû te prévenir. Je suis désolée.

Elle se leva d'un bond, enlaça son père.

— J'ai été tellement dégoûtée par les magouilles d'Husson. Baptiste, lui, ne demandait rien. J'ai eu envie de lui faire plaisir en te le présentant. C'est tellement rare, les mecs honnêtes.

— Je comprends, tu as bien fait.

Il se tortilla légèrement pour se dégager de l'étreinte d'Elsa mais elle le serra plus fort. Baptiste, troublé par la ferveur avec laquelle elle s'accrochait à son père, fixait le suceur de l'aspirateur.

Enfin, par petites touches mal perceptibles, l'ordre des choses reprit ses droits et ils se retrouvèrent, chacun dans un fauteuil, à parler littérature. Baptiste joua son rôle comme il put, tâcha de ne commettre aucune erreur et finit par se détendre. Chozène fut très mauvais, en revanche, saisissant mal les perches que lui tendait le jeune homme, demeurant bouche bée, bafouillant. Au bout d'une demi-heure, Elsa finit par se lever.

— On va te laisser, papa. Tu as du travail.

— J'ai été ravi, articula Chozène.

Dans la rue, elle marcha longtemps sans parler au côté de Baptiste, le front barré par deux rides inquiètes.

— C'était incroyable, se risqua Baptiste.

— Il n'était pas comme d'habitude. J'ai lu des trucs sur Parkinson. Tu as vu comme il avait l'air perdu ?

— Absolument pas, il…

— Il faut que je trouve un moyen de le traîner chez le toubib. Je ne sais pas s'il a consulté depuis ma naissance.

— Franchement, Elsa, on débarque chez lui, comme ça, il était en pleine écriture, c'est normal que…

Elle s'arrêta net, fit deux pas vers Baptiste, plongea ses yeux dans les siens. Il s'égara aussitôt dans la moire de ses iris.

— Tu me promets ?

— Quoi ?

— Que tu ne l'as pas trouvé… bizarre ?

— Je te le jure.

Elle s'approcha encore et il lutta de toutes ses forces contre un début de catatonie.

— Je te crois. Je te fais confiance.

Il haussa péniblement vers ses oreilles les commissures de ses lèvres crispées.

— C'est rare, conclut-elle, les hommes comme toi.

Ils marchèrent encore un peu, en silence. Puis elle lui dit qu'elle aimait bien sa chemise et qu'il sentait bon. Ensuite, elle le quitta, au coin de quelque part, et il sombra dans les profondeurs d'une solitude absolue.

— Je suis viré, c'est ça ?

Chacun à son bout du fil, Chozène et Baptiste demeurèrent cois, saisis par l'incongruité de cette question.

— Pourquoi dites-vous ça, Baptiste ?

— Je ne sais pas. Excusez-moi.

Il promena ses yeux lourds sur l'exiguïté poussiéreuse de son appartement dont l'atmosphère semblait saturée de miettes. Il était tard, il était seul. L'absence d'Elsa avait commencé de prendre toute la place. Dans la mémoire du téléphone, des messages s'accumulaient, des requêtes, des informations à traiter. Il n'avait rappelé personne. Pas la force. Comme à chaque fois qu'il tombait amoureux, sa vie lui apparaissait sous un jour grotesque et futile. Qui était-il ? Pourquoi lui ? Pourquoi ici ? Les trompettes de la métaphysique primitive cornaient à ses oreilles.

— J'espérais juste n'avoir pas commis d'impairs, s'excusa Chozène. Vous étiez dans une situation très pénible.

— Vous trouvez ? Et vous ? Je ne vous avais pas dit que je connaissais Elsa, que j'avais rencontré Husson.

L'indulgence de l'écrivain l'agaçait. Cette complaisance

confinait à la veulerie. Qu'était-il prêt à concéder encore ? A quel prix estimait-il sa tranquillité ?

—Vous avez bien fait, Baptiste. C'est précisément ce que je souhaite : ne rien savoir.

—Mais vous ne voulez pas que je vous affranchisse un peu ?

—Sur quoi ?

—Sur... Eh bien, les affaires en cours.

—Surtout pas !

Chozène avait presque crié dans le combiné. Avant que Baptiste ait pu insister, il essaya de se justifier.

—Ce... petit épisode m'a justement renforcé dans la conviction que la vie réelle était trop compliquée pour moi, en ce moment au moins. Vous savez ce que Lacan dit du réel, j'imagine ?

—Pas précisément.

—Le réel, c'est quand on s'en prend plein la gueule.

—D'accord.

—Donc vous ne mesurez pas à quel point je vous suis reconnaissant de prendre en charge les histoires de ma fille, d'Husson, de ma femme, de mon père. Surtout ne me racontez rien.

—Mais si on se retrouve à nouveau dans une situation...

—Nous aviserons. Et, naturellement, j'augmenterai vos émoluments. J'ai bien pris conscience de, comment dit-on ? Votre charge mentale.

Baptiste remercia, raccrocha, incroyablement revigoré. Gorgé d'une énergie nouvelle, ravi de n'être pas viré, il fut pris d'une brutale impatience, une fringale d'agir. Renonçant héroïquement à rappeler Elsa il joignit successivement tous les correspondants qui avaient tenté de parler à Chozène dans la journée, sans hésitation, sûr de lui, consultant au besoin la bible d'un œil distrait. Mais il commençait à se sentir à l'aise dans sa peau de grand auteur. Il lui suffisait, maintenant, de fixer son attention sur le souvenir du visage de Chozène, ou de son salon, de ses meubles, de ses assiettes pour dérouler des phrases cohérentes, convaincantes. C'était comme si la voix de l'écrivain produisait d'elle-même les mots appropriés. Il tranquillisa l'éditeur, éconduisit galamment Nathalie en moins de trois minutes, satisfit le chasseur de lapins et plaisanta avec un certain Jocelyn (*borgésien désabusé*). Il eut le sentiment de remplir sa mission et même, oui, de tonifier ses interlocuteurs, à la façon d'une Pythie joviale, d'où sourdraient d'obscurs mais encourageants oracles.

Sur sa lancée, mû par un sentiment de puissance, il appela Vincent qui parut surpris de l'entendre.

—Je voulais juste savoir comment vous vous en sortiez, expliqua-t-il en tâtonnant du gosier pour retrouver sa voix.

—Pas trop mal, mentit Vincent. On accueille une troupe qui réinterprète Eschyle avec des soucoupes et des petites cuillères. Du théâtre d'objets. Une très belle proposition.

—Et ça marche ?

—Disons qu'on a dû réduire la jauge. C'est un spectacle intimiste, forcément. On n'accueille pas plus de vingt personnes à la fois, sinon les gens du fond ne voient rien.

—C'est formidable.

—Fanny m'a dit qu'elle t'avait vu et que tu avais l'air en forme. Tu es sur quelque chose ?

—Pas vraiment. Je te tiens au courant, de toute façon.

Il raccrocha, mal à l'aise, ouvrit un paquet dont il grignota le contenu machinalement, puis prit une décision.

S'emparant avec fermeté du téléphone de Chozène, il appela Mona.

À y repenser, les quelques mots que l'écrivain lui avaient

glissés, à son sujet, sonnaient comme une requête timide, inavouée, peut-être inconsciente. « Je lui ai dit des choses horribles ». Lesquelles ? Chozène avait oublié.

Baptiste n'avait pas le choix. Il devait enquêter. Combler ce blanc.

— Pierre ? murmura une voix de femme, grave et veloutée.

Une voix de voilier dans le jusant. D'instinct, Baptiste jugea qu'il y avait de l'espoir. Nul ressentiment dans ce prénom murmuré, pas de rancœur, de volonté d'en découdre. Aucune comparaison avec l'intonation aigrelette du crotale Nathalie.

— Bonsoir Mona.

Il avait prononcé ces deux mots sans y penser, naturellement, s'était glissé dans son personnage, comme on rêve, au bout d'un moment, dans une langue étrangère.

— Pierre, répéta Mona.

Son émotion était manifeste. Baptiste l'imagina suspendue à son téléphone, cherchant une pièce où s'isoler dans son vaste appartement, un prétexte, peut-être, pour quitter le souper mondain où elle s'ennuyait. Car elle avait une voix de femme du monde, raffinée sans ostentation, une voix de fumeuse, de quinquagénaire calme mais passionnée, habituée à prendre vite les bonnes décisions, une voix de cadre, de directrice, d'héritière. Non, elle ne se trouvait pas dans un souper. Pas de brouhaha, autour d'elle, pas de tintements de verres, de couverts, juste un léger écho et, peut-être, le frottement de doigts sur les cordes d'une contrebasse.

— J'avais envie de t'entendre, affirma-t-il.

— C'est… Je ne m'attendais tellement pas…

— Je te dérange ?

Il perçut la rythmique assourdie de pas sur un parquet.

— Non, je suis seule. Il avait du travail, ce soir. Il rentrera tard.

Il.

Elle avait quelqu'un. Était mariée. Baptiste ne s'était pas attendu à ce que Chozène se fût lancé dans les complications d'une passion adultère. Il se demanda tout de suite si Elsa était au courant mais chassa cette question pour se reconcentrer.

— Mona, je t'ai appelée comme ça, je… tu me connais, je n'ai pas préparé de grands discours.

Elle rit. Pourquoi exactement ? Peu importait. Beau rire, joyeux et mélancolique, déroulant des horizons d'été. Mona connaissait la valeur de la vie, c'était évident. Chozène perdait son temps loin de ce rire.

— Tu me fais rire, dit-elle.

— Ah oui ?

— Des grands discours !

Nouvelle cascade d'hilarité, plus longue, plus étoffée, absolument irrésistible. Il s'enfonça en soupirant dans son sofa.

— Mona, je voulais que tu saches…

— C'est tellement inattendu que tu m'appelles ! C'est tellement bien ! Tu vois, je t'avais mal cerné. Je pensais que c'était foutu. Complètement foutu.

— À propos de ce que je t'ai dit.

— Oublie, Pierre. On oublie.

— Mais justement, Mona. J'ai oublié.

— Pas étonnant. Tu étais dans un état… C'est bizarre, normalement, les hommes qui boivent me dégoûtent. Mais toi…

— Je sais juste que c'était abominable.

— Abominable ! C'est vraiment ton mot, ça, hein ?

Ah bon ? Baptiste tenta de se rappeler s'il avait déjà entendu l'écrivain le prononcer. Dans le cas contraire, il était peut-être en train d'assimiler son lexique, de l'inférer, un peu comme une machine intelligente qui commencerait à prendre des initiatives à force d'ingérer des données.

— Ce n'était pas abominable, reprit Mona. C'était triste. Tristement sérieux. Ta morale de fils d'instituteur, je suppose.

— Probablement.

— Tu ne voulais pas trahir ton ami en couchant avec moi. Ça m'a fait une peine immense. J'ai beaucoup pleuré, tu sais.

— Je suis désolé.

Il sentit que ses répliques brèves portaient. En fait, il n'avait presque pas besoin de parler pour la convaincre, pour la réjouir, pour la ressusciter. Elle attendait ce coup de fil, elle vivait dans cette attente depuis trop longtemps. Il eut le sentiment que chacun des mots qu'il prononçait constituait pour elle une farandole de cadeaux de Noël, la myrrhe, l'encens, des poignées d'étoiles. Elle rit encore, faillit pleurer, lui raconta un voyage avec son mari, l'ami de Chozène (de qui pouvait-il s'agir ? Il compulsa mollement la bible en quête d'indices qu'il ne trouva pas) et raccrocha en soupirant, dix bonnes minutes plus tard.

Fièrement, il inscrivit la date du jour à côté du prénom de Mona, assortie de la mention « réconciliation ».

Il n'en revenait pas. De son nouveau pouvoir. De la simplicité avec laquelle il réparait le monde. Le téléphone de Chozène sonna. Elsa.

— Enfin ! rit-elle. Un quart d'heure que je poireaute ! Tu appelais qui ?

— Enfin ! Ça ne te regarde pas !

— Oh, pardon ! Je voulais m'excuser.

— De quoi ?

— De t'avoir dérangé, cet après-midi. Tu étais tellement penaud avec ta vaisselle sale.

— Tu ne me déranges jamais.

Pas certain que Chozène ait cautionné cette affirmation.

— Je ne sais pas ce qui m'a pris, peut-être que j'ai voulu épater Baptiste. C'était très puéril, je m'en rends compte.

— Il est bien, ce garçon.

— Tu trouves ?

Il n'aima pas la pointe de surprise qu'il crut déceler dans cette question.

— Mais oui ! Tu te rends compte de… l'inconfort de sa situation ?

— Il rêvait de te rencontrer…

— Mais pas comme ça… Pas au débotté ! Je vais te dire, Elsa, tu me l'as présenté pour te venger.

— Me venger ? De qui ?

— Je ne sais pas. D'être ma fille, d'avoir été déçue par Husson. Il t'a sortie de ses griffes, je te le rappelle.

— Je sais, mais…

— Je vais te dire, il est temps que tu existes par toi-même, que tu de débarrasses du syndrome de la fille de. Consacre-toi à ta peinture ! Travaille ! Expose !

— Tu ne m'as jamais parlé comme ça, j'adore.

— Ce n'est pas la question.

— Baptiste aussi aime bien qu'on le punisse.

— Pardon ?

— Non, rien. Merci, papa. Excuse-moi pour… Pour tout.

Dès qu'elle eut raccroché, Baptiste bondit vers son propre téléphone, vérifia trois fois qu'il était allumé mais elle n'appela pas.

Tant pis. Il en avait déjà beaucoup fait.

Il s'endormit avec le sentiment d'avoir accompli son devoir de père.

Au réveil, saisi d'une impulsion philanthropique, il lika sur Facebook les statuts de ses amis. Fabien dénonçait un projet félon du gouvernement. Tony relayait une pétition en faveur des migrants et Yannick, un ancien collègue qui ne faisait pas mystère de son admiration pour Élisabeth Levy ironisait sur l'écriture inclusive. Concernant ce dernier, au terme d'un bref débat intérieur, il substitua au pouce bleu une émoticône souriante, parfaitement amphibologique, susceptible d'être interprétée comme une adhésion distanciée ou de suggérer une ironie bonhomme. Baptiste se méfiait, certains de ses contacts lui prêtant des affinités avec la nébuleuse néo-réac parce qu'il avait, une fois, exprimé dans un commentaire des réticences à propos d'un éditorial des *Inrockuptibles.* Comme Zoé lui demandait en MP ce qu'il devenait, il se déconnecta.

Chozène l'appela en fin de matinée.

—Bonjour Baptiste, j'ai repensé à votre visite d'hier, avec Elsa.

—Oui, encore désolé de…

—Non, au contraire. Je voulais juste vous dire, n'hésitez pas à vous prévaloir de… mon soutien, vous concernant.

— Votre soutien ?
— Auprès d'Elsa. N'hésitez pas.
Chozène l'autorisait à utiliser sa voix pour se pousser dans le cœur de la jeune fille.
— Vous avez probablement remarqué qu'elle sollicitait volontiers mon avis au sujet, eh bien, des hommes qui l'intéressent.
— Vous pensez que je l'intéresse ?
— Je ne sais pas. C'est vous qui êtes le dépositaire de ses confidences. Je voulais juste vous recommander de ne pas considérer cette faveur comme une sorte de délit d'initié.
— C'est quand même de la manipulation.
— Ce serait vrai si j'avais le moindre pouvoir sur elle. Mais mon rôle est purement consultatif. Je suis une chambre d'enregistrement.
— Pas si sûr.
Le romancier toussota.
— La question va probablement vous paraître incongrue mais j'ai eu plusieurs fois l'occasion d'apprécier la pertinence de votre jugement et je me demandais…
Baptiste s'extirpa précautionneusement de son canapé et fit quelques pas vers le Velux embué.
— Je me demandais ce que vous pensiez d'Elsa.
— C'est une fille incroyable. Tellement…
— Je songeais à sa peinture. Dites-moi franchement. J'ai raison de l'encourager ?
— Mais bien sûr ! Ses portraits sont magnifiques ! Les reproductions sur son site Internet ne leur rendent pas justice.
— Donc vous êtes déjà allé chez elle. Elle vous a invité. Dans ce cas, je vous le confirme, vous l'intéressez. Bonne journée, Baptiste !
Vous l'intéressez. Il passa un long moment à méditer cette phrase, à en explorer la portée, la puissance sémantique,

l'implicite, à en admirer la simplicité assertive, l'équilibre harmonique. Il tourna autour d'elle puis s'en éloigna, s'engagea dans une rêverie centrifuge où il rencontra sa mère, Fanny, Vincent et le père de Chozène. Le ressac de ses pensées l'entraîna ensuite vers des considérations moins exaltantes au nombre desquelles finit par lui apparaître le néant de son existence. Vous l'intéressez ? Qu'est-ce qui, chez un imitateur, pouvait intéresser une fille comme Elsa ? Un imitateur, une doublure, un prête voix, un fantôme, un larbin sonore, un serveur vocal. Non seulement il avait choisi la profession la moins gratifiante, la moins reconnue mais il n'était pas fichu de l'exercer et, pire que tout, il l'avait dévoyée.

Comme Machin à la télé, avait-elle dit. Lui ne passait même pas à la télé. Il se donnait en spectacle incognito, telle une ombre sur la paroi de la caverne.

Il décida de rendre visite à Vincent. Ce n'était pas une décision, à peine un acte. Mais le fait de l'avoir appelé récemment ne lui suffisait plus. Aux abords du théâtre, il tomba sur une affiche de son spectacle, délavée par les pluies, et demeura quelques instants devant son visage spectral, lointain comme un reflet. Il pensa tout à coup que d'autres images de lui se décomposaient sûrement sur des palissades, et qu'Elsa risquait d'en croiser. Il s'en inquiéta d'abord, puis l'espéra presque. Oui, Elsa, je suis imitateur, oui, ce soutier de la société du spectacle, cet écho du caquetage contemporain. Et j'en suis fier, Elsa.

L'idéal serait peut-être de lui faire deviner la conspiration, par un jeu subtil et complexe d'indices, de lapsus, de sous-entendus. Il s'imagina, au beau milieu d'un tête-à-tête avec elle, lui murmurer quelque chose à l'oreille avec la voix de son père.

Elle ne manquerait pas, alors, de le trouver intéressant. Il conserva par-devers lui, pour les moments mélancoliques, cette série de perspectives à soupeser et entra dans le théâtre.

L'absence absolue de changements le sidéra. Comment tout pouvait-il être aussi normal ? Estelle et Jean-Loup discutaient dans l'entrée, sans que rien dans leur attitude, dans leur geste, traduisît la moindre évolution de leur relation vers, par exemple, un début d'idylle ou l'esquisse d'un litige. Non, ils causaient en collègues, dans le cadre conventionnel d'un commerce normé, à l'aide de mots puisés dans le lexique contemporain, avec leurs voix ordinaires.

— Ben salut Baptiste, dit Jean-Loup, qu'est-ce qui t'arrive, tu médites ?

Estelle lui claqua deux bises blasées.

— Non, je… ça fait drôle de revenir ici.

— Revenir ? répéta Jean-Loup, le visage illuminé par un sourire plein d'espoir.

Ce sourire bouleversa Baptiste, qui n'avait jamais vraiment envisagé que Jean-Loup puisse éprouver de l'affection pour lui, voire de l'intérêt pour son travail. Tout à coup, cette bienveillance inattendue lui sembla cruciale, déterminante. Elle était là, sa place, sa vie. Il ne désirait rien d'autre, soudain, que d'éclaircir la nature exacte du sourire de Jean-Loup, d'approfondir cette gentillesse ou peut-être plutôt, oui, ce respect, cette admiration ? Jean-Loup n'était pas n'importe qui et Baptiste regretta de s'être contenté, à son sujet, d'informations vagues. Il n'accordait pas aux autres l'attention qu'ils méritaient, et qui aurait permis d'en apprendre davantage sur lui-même. Il crut se souvenir qu'avant d'être trésorier dans ce théâtre associatif, le jeune homme avait fréquenté des établissements prestigieux. Ou connus. N'avait-il pas effectué un stage chez Mnouchkine ? Ou une mission pour Decouflé ? Quoi qu'il en fût, son sourire révélait nécessairement quelque

chose au sujet de Baptiste, constituait peut-être la pierre de touche de sa valeur professionnelle.
— Tu as raison, il médite, confirma Estelle.
— Je n'envisageais pas vraiment de revenir au sens de remonter sur scène.
— Dommage, répondit Jean-Loup.
Dommage. Ce serait, après *vous l'intéressez,* le nouvel os mental à ronger, la substantifique formule. Dommage. Mais oui, dommage ! A défaut de susciter l'amour, il éveillait des regrets. C'était presque mieux.
— Vincent est là ? s'enquit-il avec une flegmatique hardiesse de vieil habitué.
— Non, il a un rendez-vous à l'URSSAF, je crois.
Ils hochèrent la tête, sur des rythmes différents.
— Galère, synthétisa Estelle.
— Ouais, soupira Jean-Loup, je nous donne quelques mois max.
— C'est à ce point ? s'effraya Baptiste.
— Ben ouais.
Comme Baptiste flottait dans une zone mentale mal définie où les idées se présentaient enchevêtrées, par blocs filandreux décourageants, son téléphone sonna. Mécaniquement, son corps prit l'appel et il s'entendit répondre : « Oui, allô ? »
Le bref silence qui suivit l'alerta aussitôt. La gravité de sa bévue provoqua jusque dans la pulpe de ses doigts une cascade de petits courts-circuits. Jetant un œil sur l'écran où s'inscrivait le prénom Elsa, il prit conscience de deux faits : c'était l'appareil de Chozène et il avait répondu avec sa propre voix. Au lieu de réagir à l'urgence, il s'attarda sur l'hypothèse que son erreur était due au contexte, le théâtre, Estelle et Jean-Loup, l'orgueil d'être un peu soi-même.
— Papa ? hésita Elsa dans le combiné.
Avec un clin d'œil, il s'éloigna de ses anciens collègues

et regagna la rue au moment où un autobus passait, dans un souffle épais. Il lui fallut se concentrer sur la balancelle pour retrouver le timbre de Chozène.

— Oui, bonjour ma chérie.

Ma chérie était peut-être un peu intime. C'était venu comme ça.

— Tu… tu es où, là, en fait ?

Entraîné dans un bruyant tourbillon de touristes asiatiques, Baptiste ne put nier qu'il se trouvait dans la rue.

— J'ai le droit de me promener, quand même ?

— Oui, bien sûr, c'est très bien.

Elle s'adressait à lui comme à un malade qui prendrait enfin d'heureuses initiatives. Chozène avait probablement traversé de longues phases de claustration dépressive.

— Il s'est passé un truc très bizarre quand tu as décroché.

— Ah oui ?

Son *ah oui* était très réussi, très chozénien, absolument lisse, n'offrant, lui sembla-t-il, aucune prise au soupçon. C'était le *ah oui* d'un écrivain distrait, prenant, comme Baudelaire, un bain de multitude, une ribote de vitalité, le ah oui d'un père raisonnablement attentif à l'étonnement de sa fille, s'apprêtant à partager avec elle l'une de ces bizarreries du quotidien qui combleront, plus tard, le creux des conversations.

— Quand tu m'as répondu, j'ai cru entendre la voix de Baptiste.

Et là, éclair d'inspiration.

— De qui ?

Il fallait tout de même un sacré sens de l'improvisation pour penser à ne pas se souvenir de soi. Tu es bon, Baptiste, et tu dois croire en toi. Jean-Loup, tout à l'heure, t'a dit dommage.

— Baptiste, le garçon qui…
— Ah, mais oui, Baptiste !
N'hésitez pas à vous prévaloir de mon soutien, vous concernant. Il se reconcentra sur son dialogue.
— Je ne comprends pas bien, Elsa. Tu as cru entendre sa voix ?
— Oui, enfin, laisse tomber.
— C'est étrange. À croire que ce garçon t'obsède.
Il avait fait traîner la dernière syllabe, avec un sourire suggestif qui s'imprima, espéra-t-il, dans la pâte sonore de sa phrase.
— Je ne sais pas trop. Je pense encore beaucoup à Gabriel.
— Gabriel ?
Avait-il hurlé ? Une femme se retourna et lui lança un regard indéchiffrable, par-dessus ses lunettes de soleil.
— Oui, je sais. Il s'est mal comporté. En même temps, c'était de bonne guerre, non ?
— Ah, tu trouves ?
— Je suis journaliste aussi. Je sais bien qu'il faut ruser, des fois.
— Tu n'es pas journaliste. Tu écris de bons articles, mais tu es peintre.
Elle ne répondit pas.
— C'est pour ça que tu m'appelais ? insista-t-il. Pour me reparler de ce Husson ?
— Non, peut-être. Je ne sais pas.
— Et Baptiste ? Il aime tes tableaux ?
— Oui, mais lui, c'est différent.
— Différent ? Comment ça ?
— Je dois te laisser, papa.
Il resta longtemps immobile, l'appareil à la main, dans la foule affairée. Ensuite, il fut trop tard pour retourner au théâtre. Passant devant son affiche, il s'examina encore et

rentra chez lui où il répondit aux appels pour Chozène, la tête ailleurs. Rien de très personnel, la ronde des affaires courantes. Il ne prit pas toujours la peine de consulter la bible pour savoir à qui il avait affaire, se contentant d'opiner mollement, cédant aux douceurs de l'écholalie, pataugeant dans des remous verbaux où surnageait la voix claire d'Elsa.

Qu'avait-elle voulu dire ?

— C'est moi, murmura Mona.

Il se frotta les yeux. Il avait dû dormir. Le Velux répandait une obscurité bleue qui conférait aux détails une douce noblesse, comme si le monde avait miraculeusement banni le médiocre et le provisoire. Il se souvint qu'il avait bu deux Mort Subite à la cerise avant de sombrer.

— Il est en déplacement. On peut parler, si tu as le temps.

— Bien sûr, Mona, j'ai le temps. J'ai tout mon temps.

Il se redressa, cala mieux sa nuque contre le dossier. L'alcool ajoutait à la voix de Chozène un frémissement vieille France, un liant probablement irrésistible, ainsi que le lui confirma très vite l'aveu de Mona :

— Ta voix, Pierre, tu ne peux pas imaginer comme elle me bouleverse.

Il n'y avait rien à répondre. Il déboucha discrètement une troisième bière.

— Je n'arrive toujours pas à comprendre ce que tu me trouves, confessa-t-elle au moment où la première gorgée, étonnamment sucrée, coulait dans sa gorge.

— Oh si, temporisa-t-il, tu le sais.

— Tu ne me l'as jamais dit.

Tétanisé comme au jour de son bac de philo, quand il avait pris connaissance du sujet – *Le désir est-il le signe de mon imperfection ?* – il se rappela qu'il ne savait rien d'elle. Elle avait une voix de grand rocher marin, mais il ne parvenait pas à imaginer son enveloppe corporelle. Avec une quasi-certitude, il lui supposait des lunettes métalliques, c'était insuffisant pour jeter les bases d'un échange amoureux constructif. Il lança Internet et tapa Mona + Chozène, au cas où ils auraient été photographiés dans un vernissage. Des photos du romancier plus jeune apparurent, quelques Joconde, rien d'utile.

— Par téléphone, se défaussa-t-il, c'est difficile.

— Tu te souviens de ce que tu m'as dit à ce sujet ?

— Bien sûr.

Il pouvait toujours trouver un prétexte pour raccrocher mais sa visite au théâtre l'avait rendu plus exigeant vis-à-vis de lui-même. Il puisa dans quelques gorgées supplémentaires le courage de soutenir cette conversation le plus longtemps possible. Elle voulait savoir ce que Chozène lui trouvait, bon, rien de plus normal. Aucun besoin, pour cela, de savoir à quoi elle ressemblait. Au contraire, même. Il fit apparaître sur l'écran une image d'Elsa.

— Pour moi, tu es une évidence. Tu l'as été dès la première seconde.

— Arrête, Pierre. Tu n'as pris conscience de mon existence qu'à l'anniversaire de Christian.

— Tout à fait, je m'en souviens parfaitement. Une évidence.

— On s'était déjà vus quatre fois, avant, dans des soirées. Tu ne m'avais jamais accordé la moindre attention.

— La vraie première fois, c'était chez Christian.

À nouveau, elle éclata de son rire sublime, qui lui accorda quelques secondes de réflexion. Il chercha Christian dans la bible. C'était un industriel, apparemment, ou peut-être un diplomate. *Épuisant,* avait noté Chozène, *mais très bon caviar d'aubergine.*

— Le caviar d'aubergine, chuchota-t-il, rallumant l'hilarité de Mona.

— C'est délicieux, ce truc, pouffa-t-elle.

— En effet.

— Ce sont les premiers mots que tu m'as dits. Tu venais de goûter un toast au caviar d'aubergine, tu as écarquillé les yeux, tu m'as vue et tu as presque crié : « C'est délicieux, ce truc. »

S'absorbant comme il put dans le regard d'Elsa qui scintillait sur son écran, il chercha quelque chose à dire, de nature à sceller durablement l'union entre Mona et Chozène. À cette occasion, il remarqua qu'il ne pouvait désigner l'écrivain autrement que par son nom de famille. Hors de question pour lui, non seulement de l'appeler Pierre mais de le penser Pierre, d'envisager la moindre familiarité. C'était peut-être ce qui l'empêchait de jouer vraiment son rôle. Difficile d'être dans la peau de quelqu'un que l'on tient à distance respectueuse. Il but encore quelques gorgées, c'était à lui de parler, de rebondir sur le caviar d'aubergine. Il n'y arriverait pas.

— Tu t'y connais, en collapsologie ?

— En quoi ?

— La fin du monde.

C'est à cet instant que se produisit une sorte de basculement. Il eut beau y repenser longuement par la suite, il ne parvint jamais à se rappeler comment il était passé de l'apocalypse aux pique-niques de son enfance. C'était cela qu'il voulait, avec Elsa, l'emmener en pique-nique et planter leurs dents dans la fraîcheur des œufs durs. Mona semblait d'accord, tout à fait d'accord. Et aussi louer une chambre avec un balcon donnant sur des arbres, s'extirper, fuir les soirées de Christian, fuir le temps et le Grand Effondrement, Gabriel Husson, qui ? Gabriel Husson, un journaliste un peu chiant, d'accord, et quoi encore ? Prendre des petits déjeuners dans des hôtels, dans des chambres d'hôte, ils parlèrent du mot hôte, qu'ils aimaient l'un et l'autre, et du mot chambre, et des chambres, ils se souvinrent de celles où ils avaient eu peur, l'un et l'autre, autrefois, dans l'enfance, dans des temps où le monde était plus vaste et plus épouvantable, et ils avaient guetté le même craquement de plancher, planqués sous les mêmes draps, les yeux rivés sur les mêmes rideaux noirs trempés de nuit, s'étaient endormis à l'arrière de voitures dans le bourdonnement des conversations et les flaques de jazz, pour arriver groggy chez les mêmes grands-mères, poursuivis par des loups identiques.

Ils se dirent qu'ils étaient pareils, au fond, et qu'ils s'aimaient pour cette raison, oui, parce qu'ils s'aimaient, ils l'avaient su dès la première fois, ou dès la cinquième, ils reparlèrent de cette fois, de cette soirée, des petits fours et des gens. Baptiste brodait mais ses souvenirs fictifs étaient au diapason de ceux de Mona. Juste, une fois, elle lui fit remarquer qu'il disait n'importe quoi, il en convint, elle rit de plus belle, les erreurs manifestes de son interlocuteur contribuant à la séduire, elle aimait sa distraction, celle de Chozène, celle de Pierre, elle était si heureuse qu'il l'ait rappelée, leur dialogue revenait souvent sur ce coup de fil qui avait recousu leur amour, ils employèrent le mot, d'abord en hésitant beaucoup, puis moins, et s'affranchirent bientôt des précautions oratoires.

Quand ils raccrochèrent, il faisait encore plus nuit.

Baptiste songea que, sous une fausse identité, il venait de courtiser une femme inconnue en rêvant d'une autre.

Le modèle, peut-être, de toutes les histoires d'amour.

Le téléphone sonna.

— Tu réponds, constata Nathalie.
— Oui, non, je travaillais.
— Tu es de mauvaise humeur ? Tu ne prononces plus mon prénom ?
— Je crains de m'être fait mal comprendre. Tu te fais des idées. Il est hors de question que…
— N'essaie, pas, Pierre, ça ne marche pas.
— Comment ça ?
— Ce ton cassant. Ce n'est pas toi.
— Si, c'est moi, au contraire. C'est parfaitement moi.
— Ce n'est pas toi.
— Ce dialogue ne nous mènera pas très loin, Nathalie.
— Nathalie.

Elle se mit à fredonner le refrain de la chanson de Bécaud. Baptiste imitait très bien Bécaud. Il envisagea brièvement de poursuivre la conversation avec la voix du chanteur mais, malgré les bières, se rendit compte à temps qu'il ne ferait que compliquer la situation.

— J'ai réfléchi, Pierre, c'est ridicule de continuer comme ça.
— Nous sommes d'accord.
— J'en ai marre, du téléphone. Je vais passer te voir. Donne-moi un rendez-vous, sinon je passe à l'improviste.
— Un rendez-vous ? Tu es folle ?
— Pourquoi pas ? Tu te souviens, au début, on se donnait des rendez-vous. C'était très formel. Le temps d'avant les portables. J'aimais tellement ça.
— Je ne te donnerai aucun rendez-vous. Et si tu débarques à l'improviste, non seulement je n'ouvrirai pas mais je ne prendrai plus tes appels.

Il avait dû paraître suffisamment convaincant car il perçut un spasme lointain, peut-être un sanglot. Il détestait faire pleurer les gens. Un crotale. Il ne devait pas oublier qu'elle était un crotale. Une tarentule.

— C'est mon corps, c'est ça ? renifla-t-elle.
— Quoi, ton corps ?
— Mon corps te dégoûte ?
Il poussa un très long soupir, beaucoup trop vigoureux, lui sembla-t-il, pour être de Chozène, qui expirait toujours avec modération.
— Nous allons en rester là, Nathalie.
— Réponds à ma question !
Il raccrocha, éteignit complètement l'appareil et s'écroula sur son lit.

À peine rallumé, le lendemain matin, le téléphone sonna.

Le correspondant était (d'après l'écran du téléphone) un certain Gus, dont la voix ne lui fut pas complètement inconnue. Baptiste chercha des yeux la bible mais le désordre s'était reformé dans l'appartement et il improvisa, comme d'habitude, en attendant de savoir à qui il avait affaire.

— Bonjour Pierre.

— Bonjour Gus.

Un temps. Peut-être Gus n'avait-il pas l'habitude d'être ainsi désigné. Peut-être ce surnom, loin de constituer l'emblème d'une familiarité affectueuse remontant aux bancs de l'université ou des tribunes d'un club de foot local, se teintait-il, aux oreilles de l'intéressé, d'échos insultants, lointains souvenirs de persécutions infantiles, d'ostracismes traumatisants dont Chozène, en dépit de son apparente bonté – mais au fond, que savait-il de Chozène ? –, aurait été l'instigateur ? Peut-être Gus ignorait-il qu'une coalition d'anciens condisciples l'affublait toujours de cet avilissant sobriquet ? Baptiste lui-même n'avait-il pas attribué, dans sa liste de contacts, le pseudonyme de Gros-Pif à un vague petit chef d'*open space* particulièrement plein de lui-même, pour le plaisir potache de voir s'afficher ces deux mots chaque fois que l'individu cherchait à le joindre ?

Ces considérations paranoïdes le menèrent aux marches de la panique et, dans le long silence inauguré par Gus, il entreprit de mettre à sac son intérieur pour retrouver la bible, déplaçant les objets sans méthode, de sa main libre, l'autre se crispant de plus en plus sur l'appareil, blanchissant aux jointures, pourquoi n'avait-il toujours pas acquis d'écouteurs ?

Il finit par débusquer le document entre deux coussins du canapé, l'ouvrit, atteignit Gus, consulta sa notice, n'y découvrit aucune clause restrictive concernant l'emploi du pseudo, s'en réjouit brièvement puis écarquilla les yeux.

Gus était André Marandin.

Le directeur du théâtre Houdar de la Motte, l'une des salles parisiennes les plus convoitées dans le monde du stand-up et de l'imitation. La radio Rire et Chanson y dépêchait régulièrement ses prospecteurs, c'était une pépinière de chroniqueurs pour la télévision, une marmite à buzz.

— J'avais envie de t'entendre, reprit Gus avec une nonchalance de chat repu, on ne se voit plus, on ne se parle plus. Tu écris ?

— Oui, je…

La bible précisait que Gus était *un lecteur admirable, parmi les tout premiers.*

— Et, comme d'habitude, tu ne me diras rien. Ou plutôt si, tu laisseras transsuder quelques informations sibyllines qui m'aiguiseront l'appétit jusqu'à la parution.

— Transsuder ?

— Oui, transsuder. C'est toi qui m'as appris le mot, je

te rappelle. Tu l'utilises au troisième chapitre du *Ballon d'essai.*

— Oh, bon sang, oui. Tu connais mieux mes textes que moi.

— Bon sang, sourit Gus. Qui dit encore bon sang ? Tu vas bien ? Tu as l'air bizarre. Ta voix est bizarre.

— Ma voix ?

— Pas ta voix, ton ton.

— Mon ton ?

— Je ne sais pas, tu as un ton de garçonnet.

À la diable, Baptiste pratiqua quelques exercices de respiration abdominale. C'était maintenant, c'était tout de suite. Combien de lettres avait-il adressées à André Marandin dans l'espoir d'obtenir une entrevue ? Une petite minute d'attention ? Combien de fois s'était-il entraîné devant sa glace au cas où l'opportunité se présenterait d'offrir au prestigieux manager un florilège de ses imitations les plus convaincantes, Michel Foucault, Alain Decaux, Sabine Paturel ? Avec combien de personnages équivoques s'était-il commis, demi-mondains, communicants vénaux, ex d'amis, parce qu'on lui avait laissé croire qu'ils avaient l'oreille de son idole ? Et voici qu'il lui parlait, qu'il lui faisait la démonstration éclatante de son talent. Enfin. En vain.

— De garçonnet ?

Il était envisageable de tout révéler à Gus. En lecteur raffiné, il comprendrait les détours auxquels le besoin de silence avait conduit Chozène. Il pardonnerait. Admirerait la ruse. Mais non, du calme, Baptiste ne pouvait rompre unilatéralement le contrat, il était allé beaucoup trop loin, déjà, avec Mona. Une idée, une idée, tout de suite. C'était maintenant.

— C'est que, se reprit-il, affermissant son souffle, c'est drôle que tu m'appelles aujourd'hui, je pensais justement à toi.

— Vraiment ?

— Oui, figure-toi que j'ai fait la connaissance d'un jeune homme étonnant. Il est imitateur. J'ai assisté à son spectacle, un peu par hasard.

— Et ?

— J'ai été très impressionné. Il se démarque complètement des autres.

— C'est drôle, ça Pierre, je ne t'imagine pas du tout assistant au show d'un imitateur. Tu n'as jamais répondu à une seule de mes invitations.

— Si, deux fois, hasarda Baptiste.

— Non, Pierre, non. Même quand je t'ai convié à la première de cette fille qui venait du monde du mime. Elle cartonne à la télé, maintenant.

— C'est... c'est cette idée qu'il existe un monde du mime. Ça m'angoisse.

Nouveau silence. Quelque chose n'allait pas. Baptiste subodora que la fibre professionnelle avait vibré chez Gus. Rompu aux ruses et aux illusions, il ne s'en laissait pas compter par un amateur dans son genre. C'était cuit.

— Comment s'appelle-t-il, ton petit jeune homme ? finit tout de même par demander Marandin.

En dépit d'une crampe inopinée du pharynx, Baptiste parvint à décliner son identité. Il craignit d'avoir parlé trop bas mais Gus répéta plusieurs fois son patronyme, détachant les syllabes, se le faisant épeler. C'était ahurissant. André Marandin notait son nom. En un fulgurant raccourci, simple et clair comme une présentation Powerpoint, tout son parcours depuis sa rencontre avec Chozène lui apparut, débarrassé des contingences et des bifurcations adventices, lumineux fluorescent, rectiligne, flèche de feu sur fond de pixels, trouant l'espace-temps, stupéfiant bondissement quantique menant du néant à la lumière, de Vincent à Gus.

Un jour, bientôt, ce n'était probablement qu'une affaire de mois, il foulerait les planches du théâtre Houdar de la Motte. Chozène serait là, et Elsa. Leurs amis au grand complet, la bible, Husson peut-être. Et il se trouverait enfin des esprits susceptibles d'apprécier une conversation entre Gide et Bernanos. À la limite, pourquoi ne pas demander à Chozène de composer quelques sketches ? Quand il aurait terminé son pensum sur son père. Après tout, avec ce dernier projet, il avait déserté sa zone de confort, on pouvait bien imaginer qu'il se lance sur des chemins nouveaux.

— Pierre ?

— Oui, Gus ?

— J'ai bien noté le nom de ton bonhomme. Crois-moi, je ne risque pas de l'oublier.

— Merci, Gus.

Ton bonhomme ?

— Non seulement ce mec ne mettra jamais les pieds dans mon théâtre, mais je peux te garantir qu'il est d'ores et déjà blacklisté dans toutes les salles qui comptent, à Paris et en région.

Le mot région lui évoqua, comme à chaque fois, le souvenir d'Angoulême, sa ville natale. Il revit le square où il jouait après l'école.

— Je ne comprends pas bien, Gus, avoua-t-il.

Mais, à la seconde où il le disait, il comprit très bien. Gus était le mari de Mona. Et, suite à leur conversation de la veille, Mona avait choisi de tout lui révéler. Parce que Mona était une femme droite et honnête.

À moins que, peut-être, ne subsistât un espoir. Ne pas courir trop vite à l'évidence. À Angoulême, jadis, c'était si loin déjà, son professeur de mathématiques, M. Bergeret, lui avait parlé du rasoir d'Ockham, principe, s'il s'en souvenait bien, selon lequel entre deux théories, mieux valait toujours choisir la plus simple. L'hypothèse qui faisait d'André Marandin le conjoint de Mona était-elle la moins invraisemblable ? Justifiait-elle le brutal revirement de Gus concernant Baptiste ? Ne pouvait-on postuler quelque discorde ancienne, quelque offense passée liée, peut-être, au fait que Chozène déclinait systématiquement les invitations de Marandin ? N'était-il pas suprêmement humiliant pour un directeur de théâtre d'être boudé par celui qui se prétendait son ami, un écrivain dont la renommée eût paré son établissement du prestige que l'on accorde aux lettres et que l'opinion dénie depuis la nuit des temps aux baladins ? Molière n'avait-il pas échappé de peu à le fosse commune ?

— Jamais je n'aurais imaginé une telle saloperie. Pas toi. Pas Mona.

L'espoir s'enfuit, vaincu, vers le ciel noir, au son grinçant des ricanements d'Ockham.

— Écoute, Gus.

— Alors déjà, premier truc, ça me ferait un immense plaisir que tu arrêtes de m'appeler Gus.

— Il faut que tu saches… Rien n'était prémédité. J'ai résisté longtemps. Par amitié.

— Très élégant. Tout est de sa faute, c'est ça ? Elle me l'a dit, que tu avais résisté. Elle m'a tout dit. Un aveu digne de la Princesse de Clèves. Mais je pense qu'elle envisage un autre dénouement.

Craignant d'aggraver son cas par sa méconnaissance de *La Princesse de Clèves,* Baptiste lança une recherche sur Wikipédia et parcourut le résumé du roman, laissant Marandin à son solipsisme. Il apprit que l'héroïne éponyme, peu après son mariage, tombait amoureuse d'un autre homme mais avouait cette passion coupable au mari qui mourait de chagrin. Ensuite, elle se retirait dans un couvent.

—… et donc, poursuivait Marandin, je n'en reviens pas que tu oses me demander de pistonner ce type. Justement aujourd'hui. Tu es complètement taré, Chozène. C'est peut-être pour ça que je t'ai bien aimé.

—Il n'a rien à voir avec tout ça. J'ai pensé…

—Tu as pensé que j'étais comme Mona ? Digne ? Droit ? Mais putain, je souffre comme une merde, là, tu comprends ? Ma seule envie, c'est de te détruire ! Que tu crèves ! Tu comprends, ça ? Je vais te pourrir, Chozène ! Toi et tes bouquins de merde !

Tandis que Gus s'adonnait avec une évidente volupté aux délices urticants de la coprolalie, Baptiste s'efforça de réfléchir calmement. Il possédait une expérience assez modeste de l'irréversible. Il se rendit compte que, jusqu'alors, il s'était arrangé pour n'accomplir que des actes résiliables, se ménageant toujours une issue de secours. Peut-être même fallait-il discerner, dans cette anticipation systématique du repli, l'origine de sa vocation d'imitateur. Contrefaire la voix d'autrui revenait à ne jamais agir en son nom propre.

Mais là, c'était grave. Il venait d'infléchir le destin d'un autre. De plusieurs autres. Et le sien, par ricochet. Le mari était informé. Bon. Au plan moral, c'était mieux. Qu'en penserait Chozène ? Qu'en penserait Elsa ? Cette seconde question, parfaitement hors-sujet, l'occupa longtemps, le détourna de la première, l'égara dans des arguties. Profitant d'un silence de Gus, il raccrocha.

En consultant le journal du téléphone, il tomba sur un message de Mona, datant des petites heures de l'aube : « Pierre, c'est moi. Voilà, écoute, après notre conversation d'hier, je n'ai pas pu faire autrement. Je lui ai tout dit. Je lui ai dit que nous nous aimions. Ça m'ennuie un peu que tu l'apprennes par ta messagerie mais, finalement, c'est peut-être mieux. Tu pourras conserver ce message. C'est une preuve. Je t'aime et nous sommes libres de ne plus nous cacher. »

Comme toujours, la bienveillante indifférence de la ville le remit d'aplomb, lui rappelant qu'au bout du compte il mourrait bientôt, inconnu, précédant de peu l'extinction de l'espèce. Les solitudes urbaines possédaient la vertu d'éteindre d'emblée tout espoir et c'était ce dont il avait besoin, à cet instant. Grisé par le raboudinage de son avenir, il erra parmi les statues anonymes, entre les clameurs confuses et les grondements, l'esprit fixé sur le souvenir de voix éteintes. Quitte à n'être jamais personne, pourquoi ne pas envisager d'imiter des figures du passé ? Son talent inutile ne lui permettrait-il pas d'imaginer (il faudrait un autre mot, en rapport avec la sphère auditive) la voix de Louis XIV ou celle de Socrate, rien qu'en se concentrant sur leur portrait ?

Il avait jugé indispensable d'informer Chozène, mais celui-ci ne répondait pas au téléphone. À tout moment, Mona était susceptible de débarquer chez lui, ou Gus, armé d'un hachoir. Il commençait à entrevoir que l'on pouvait toujours faire un pas de plus sur le chemin de l'horreur. Son indifférence à tout n'était pas encore assez solide pour lui permettre de supporter que le romancier mourût dépecé par sa faute.

Il marchait donc, pas rasé, vêtu d'un des costumes fournis par Fanny, Fanny était une fille formidable, il allait l'appeler aujourd'hui même, passer la voir, se rendre compte maintenant plutôt que dans vingt ans qu'elle était la femme de sa vie, comme dans les films où il est question de femmes de sa vie. À moins qu'il ne reprenne des études. Il pourrait peut-être s'inscrire en sociologie, ou en droit, savourer l'analgésie des amphithéâtres.

Chozène ouvrit au troisième coup de sonnette. La pression de son index sur le bouton avait beaucoup soulagé Baptiste, cette franche stridence dans l'entresol ouaté, la volupté d'émettre à bon droit des fréquences déplaisantes ressortissaient aux sensations transgressives de l'enfance, aux hurlements démentiels des nourrissons frustrés, dont rien, dans la suite de l'existence, à part peut-être quelques orgasmes réussis ne fournit plus d'équivalent.

—Je suis là ! chuchota Chozène, en robe de chambre, papillotant des paupières.

La vue de cet homme entre deux âges, harassé par lui-même, surpris au saut du lit, anxieux, infiniment vulnérable, déclencha chez Baptiste un de ces influx nerveux ambigus qui commandent aléatoirement les pleurs ou le fou-rire. Il ravala le tout, contourna Chozène et entra.

Flottait un parfum de cuir cuit, d'encaustique à l'ancienne et d'ail. Les meubles donnaient, comme toujours, l'impression d'être là par erreur et de le savoir sans pouvoir s'expliquer, accablés par leur propre silence. C'était un fouillis ordonné, pesant, astiqué, mais un fouillis quand même.

Baptiste raconta tout, d'une voix d'enfant, haut perchée, qui lui écorchait les amygdales au passage, avant d'irriter les tympans de Chozène. Il avait préparé ses aveux, bien sûr, mais ceux-ci, comme grisés par leur propre formulation, s'étoffaient à mesure, s'inventaient des raisons, des effets, se chamarraient de nuances, de digressions psychologiques, se suggéraient une origine inconsciente, lointaine, inatteignable, il avait déconné, oui, gravement, mais un contexte existait, un substrat, un terreau, et Baptiste était prêt à rendre l'argent.

Le silence de Chozène, plus interloqué, lui sembla-t-il, que réprobateur, suscita de nouvelles confessions, relatives à Elsa. Il improvisa une théorie de la capillarité amoureuse, reposant sur l'idée que sa passion, oui, sa passion pour la jeune femme, fonctionnant comme une espèce d'inflammation émotionnelle avait gagné peu à peu, (pas peu à peu, instantanément) non seulement son humeur et son imaginaire mais peut-être son cerveau reptilien, lui enjoignant de mettre le monde au diapason de son désir. Peut-être – il ne voulait pas s'avancer trop mais tout de même – ce malentendu entre Mona et… et vous, Pierre, lui était-il apparu comme une aberration dans ce monde nouveau, ce monde où tout, soudain, le glissement de l'air sur les peaux, le plissement des étoffes, l'humidité des cils sonnait comme une injonction au plaisir mais pas seulement au plaisir, à la tendresse, aussi, à l'union, voilà. À l'union.

— Voulez-vous que je vous serve un petit quelque chose ? suggéra Chozène.

— J'ai perdu la tête. La voix de Mona est si, comment vous dire, si belle, si pleine de promesses…

— À cette heure-ci, plutôt café ? Il me reste peut-être du rooibos.

— Nous devons regarder les choses en face. Je n'ai pas les épaules pour la mission que vous m'avez confiée. J'avais une toute petite vie vide, vous comprenez, je gérais des newsletters et des listes de diffusion.

— Baptiste, calmez-vous. Je ne vous reproche rien. Absolument rien. Au contraire.

À cet instant précis, comme par un effet un peu appuyé de mise en scène, une femme entra dans le salon. Elle était indiscutablement nue sous un kimono noir orné d'un long flamant mélancolique et stylisé.

— Mona ! s'exclama Baptiste.

— Enchantée, répondit-elle avec un sourire amusé, mutin, enjôleur et espiègle.

Puis elle traversa magiquement l'espace qui la séparait de la joue du jeune homme où elle posa ses lèvres tièdes. Les ongles de ses orteils étaient vernis de mauve.

— Café, pour moi, dit-elle à Chozène qui disparut dans la cuisine.

Ensuite, elle s'assit dans le fauteuil préféré de Baptiste et croisa ses jambes. Il recula jusqu'au mur.

— Pierre m'a raconté, annonça-t-elle.

Il essaya d'interpréter cette nouvelle, d'en estimer les implications. Que savait-elle au juste ?

— Vous êtes incroyablement doué, poursuivit-elle. Et, croyez-moi, j'ai eu l'occasion d'en entendre, des artistes.

— Des imitateurs, précisa Baptiste, dans l'idée de mettre les choses au point, de ne pas se voiler la face, d'asseoir résolument leurs échanges à venir sur un socle sain.

— Par mon mari.

— Gus, confirma Baptiste.

La présence attentive de Mona suscitait chez lui un élan effusif, un besoin de limpidité absolue, le rêve d'une parole univoque et lustrale.

— Est-ce que vous pensez que vous pourriez imiter… ou plutôt me parler avec la voix de Pierre ? Au téléphone, c'était bouleversant mais j'aimerais vous entendre, comment dire, en direct.

Au même instant, Chozène revint, porteur d'un plateau

chargé d'une cafetière, de trois tasses et d'un paquet de madeleines.

— Je ne sais pas si… rougit Baptiste, s'aplatissant un peu plus contre le mur.

— Allez-y ! insista Chozène avec un mouvement de tête enfantin qui fit sauter sa mèche.

Puis il s'installa sur l'accoudoir du fauteuil de Mona. Leurs mains se joignirent. Leurs têtes le fixaient, légèrement inclinées, arborant le même demi-sourire impatient. Ils étaient très beaux, se dit-il en se raclant légèrement la gorge.

— Vous me donnez la réplique ? demanda-t-il tout à trac à Mona, avec la voix de Chozène.

Elle tressaillit.

— C'est incroyable !

— Mona, tu te souviens de ce que je t'ai dit, l'autre soir, sur l'enfance ?

— Oui, les nuits d'épouvante. C'était merveilleux.

— Je repense à mon père, dans ces nuits d'autrefois.

Le visage de Chozène changea d'expression. Une onde le traversa.

— Ton père ?

— C'est lui qui venait s'asseoir sur mon lit, quand j'avais fait un cauchemar.

— Comment le savez-vous ? s'enquit Chozène.

Mona lui serra la main plus fort.

— À cette époque, déjà, je ne savais pas comment lui raconter ce que j'avais entrevu dans les paysages du sommeil.

— Il brode, dit Chozène, embarrassé.

— Tu écrivais quand tu étais petit ? demanda Mona.

— Des petites histoires, des contes, répondit Baptiste.

— Des poèmes, aussi, précisa Chozène.

— Et tu lui faisais lire ?

— Oui, dit Baptiste.
— Non, dit Chozène.
Un silence hésitant s'installa, sapant insensiblement la solidité du réel. Tout vacilla, dans un entre-deux somnolent.
— Et donc, reprit Chozène, une tasse dans une main, exprimant avec l'autre son intention de bien tout comprendre, de rembobiner, et donc, c'est comme ça que vous faites. Quand on vous pose des questions, vous inventez ?
— C'est infiniment troublant, observa Mona.
Elle était d'une beauté complètement folle et Baptiste se concentra sur Chozène.
— Oui, j'invente, c'est ce que j'essaie de vous expliquer. J'invente ! C'est pour ça qu'on en est là.
— On ne peut pas ne pas inventer, rappela Chozène.
— Quand j'ai débarqué, cette nuit, raconta Mona, quand je me suis jetée dans ses bras, j'ai vu s'allumer dans ses yeux une lueur…
— D'émerveillement ? osa Baptiste.
— D'incompréhension totale.
— C'est pour ça que j'ai fini par tout lui avouer, se justifia Chozène.
Il posa sur Baptiste un regard affligé, comme s'il craignait d'être puni. Baptiste le lui renvoya. Tout était sans doute fini, leur arrangement, cette folle parenthèse. C'était bien. Une sorte de vibration muette traversa l'espace, un léger ébranlement dans les murs, dans les meubles, dont Baptiste soupçonna que l'épicentre était en lui-même puisqu'aucun des deux autres ne parut y prêter attention. À moins qu'il ne s'agît d'un de ces phénomènes mécaniques propres à chaque immeuble, mise en marche d'une chaudière, dans un tréfonds, écoulement d'eaux usées, répercussion de roulements lointains, ébrouement souterrain.

— Je vais vous laisser, annonça-t-il.

— Vous ne voulez pas une madeleine ? proposa Chozène.

— Juste une chose, demanda Mona, si je veux joindre Pierre, j'appelle Baptiste ?

Leurs mines hébétées la firent éclater de rire. Il était rare qu'un rire charrie tant de gaieté pure. On y percevait sans sourdine ni fausses notes la mélodie du bonheur comme à la faveur de certains cieux exceptionnellement salubres on discerne les étoiles nettoyées.

— Ne t'inquiète pas, Pierre, je ne t'appellerai pas. Je ne te vais pas te déranger. Tu as ton livre à finir.

— Mais pas du tout… protesta-t-il.

— Je vais vous laisser, répéta Baptiste. Au revoir, Mona, j'ai été ravi.

Elle esquissa une révérence. Chozène le rattrapa dans le vestibule.

— Baptiste ! Ça ne change rien. Je veux dire… On continue, bien sûr.

— Son mari a appelé, confessa Baptiste. Vous êtes fâchés, je le crains.

— Ah…

— Au revoir… Pierre.

Chozène lui ouvrit la porte, son regard évitant celui du jeune homme pour finalement se poser sur une plinthe à laquelle il parut s'adresser.

— Au revoir, Baptiste. Et merci.

Rentré chez lui, il but pas mal de bière. Les événements récents se présentèrent sous divers angles, dans des tonalités contrastées, tantôt s'agençant en farce, tantôt tournant à la tragédie. Il avait brisé sa carrière. Vraiment ? Oui, vraiment. La consultation de quelques articles sur André Marandin lui en fournit la certitude absolue. Cet homme était un squale, un cynique clinquant, un Husson avec du pouvoir. À grand-peine, dans une jungle de fenêtres publicitaires interrompant à chaque instant sa lecture, il parvint à prendre connaissance du témoignage d'un artiste de stand-up dont l'impertinence avait déplu à Gus et qui s'était vu, pour cette raison, fermer toutes les portes. L'interview datait de 2016. Plus aucune trace de lui depuis.

Il prit néanmoins quelques appels, par superstition, pour ne pas rompre définitivement les derniers fils qui le liaient à Chozène. Le traducteur fournit à sa rage un facile exutoire. Le malheureux s'était apparemment préparé un mémo dans l'espoir de faire accepter au romancier la suppression complète de deux phrases méditatives sur les éoliennes, phrases que le tâcheron jugeait *peu intelligibles dans un univers de référence asiatique.* Baptiste ricana, se montra odieux, ponctua ses répliques de gorgées de Mort Subite au goulot, faillit roter, raccrocha. Progressivement gagné par une voluptueuse malignité, il éconduisit l'attachée de presse, laissant filtrer une allusion à *certaines erreurs grossières de communication* par elle commises, et qui parurent lui briser le cœur.

C'est dans ces dispositions qu'il répondit à Nathalie.

En verve, la voix huilée par l'alcool, un vertige inédit lui chatouillant le sternum, il exulta de l'entendre.

—Bonjour Pierre, c'est moi.

Il commença par pouffer.

—Je te fais rire ?

—Ce qui m'amuse, c'est que tu t'annonces comme ça. Avec cette espèce de… d'évidence. Quelle prétention !

La façon dont il avait accentué le mot *prétention* le satisfit. Il avait su faire saillir la première syllabe sans trop d'insistance mais avec une vigueur suffisante pour la faire sonner comme une onomatopée sarcastique. Il aurait dû s'enregistrer. Prétention, prétention, se répéta-t-il *in petto* tandis que Nathalie le suppliait en vain de lui fournir des éclaircissements.

—« C'est moi », te concernant, ça ne veut plus rien dire. Voilà.

—Pardon ?

Il aima ce *pardon ?* Cette suffocation offusquée, ah, oui, ça faisait mal, ça vous coupait le souffle.

—Nathalie, j'ai tenté de te le faire comprendre. J'ai été très patient. Tu n'es plus la bienvenue dans ma vie.

—Tu…

—Oui, j'ai prononcé ton prénom. Arrête, avec ça !

Il tendit l'oreille mais non, elle ne pleurait pas encore. Une fatigue passagère lui ferma les yeux.

—Tu as quelqu'un ? Tu peux au moins me le dire.

—J'ai quelqu'un.

Silence. Cette fois, il perçut un reniflement de bon augure.

—Tu as vraiment besoin d'être méchant ?

C'était exactement cela. Oui, désolé.

—Que les choses soient claires. Notre histoire a été un long, très long, trop long malentendu. Un quiproquo. La puissance des sentiments que j'éprouve aujourd'hui me le fait mesurer. Le jour où l'on aime vraiment, on découvre que jusqu'alors, on n'a jamais aimé.

Sur le fond et surtout sur la forme, ces propos étaient indignes de Chozène. Il espéra qu'il n'en ait jamais vent. Cette crainte le calma un peu.

—Un malentendu ?

—Une erreur. Une catastrophe. Une construction, purement cérébrale. Tout était factice, tout, y compris ce que tu appelles *le tressaillement.*

—Non Pierre, ça, tu ne peux pas nous l'enlever.

—Tant mieux pour toi si tu as pris un peu de plaisir dans ce… fatras.

—Attention, Pierre. Ne vas pas trop loin.

—Tu vois ? Très vite, après les supplications, la menace.

—Tu veux le jouer comme ça, Pierre ?

—Adieu, crotale !

Il s'écroula, ravi, dans son sofa, la gorge gonflée de loin en loin par un éclat d'hilarité, tandis que sa conscience embrumée inaugurait à son insu un jeu inédit, une sorte de concours dont les règles lui échappaient, mais qui consistait, pour ce qu'il en comprit, à faire grimper sur un podium imaginaire les trois meilleurs moments de sa vie. Ému, il constata que toutes les scènes en compétition offraient le premier rôle à sa mère. Depuis combien de temps ne l'avait-il pas appelée ? Il brassa les instants passés, n'en revint pas d'être si vieux, à son âge. Comment s'appelait cette fille qui lui avait prêté ses crayons de couleur en CM1 ? Son profil se découpait sur le gris métallisé d'un ciel d'orage. Puis il plana au-dessus du quartier résidentiel où il avait grandi. Qui avait eu l'idée de construire ce quartier? C'était une belle et blanche géométrie d'immeubles, verticaux ou filant au contraire vers les horizons avec leurs troupeaux de fenêtres et de meurtrières, de balcons calmes, de haies et de pelouses. Beau et blanc quartier surplombant la grande ville, juché sur sa colline, niché dans sa forêt, niché dans ces années lointaines où la géométrie n'effrayait pas l'œil, où sans vergogne on accrochait dans le ciel le cadre indéfiniment répété des fenêtres, où l'on étirait d'un horizon à l'autre le grand corps blanc de ces immeubles aux noms de fleurs.

Car le bâtisseur s'était probablement promené longuement parmi les arbres et les fleurs de la forêt qui couvrait autrefois la colline. Il y avait encore des traces de ses conversations avec eux, de leurs arrangements. Outre les noms des immeubles, tribut et révérence à la mémoire de la forêt, de grands chênes, craquelant le béton, frôlaient les balcons, et l'herbe des pelouses était encore sauvage, faisant éclore ça et là des plantes inconnues.

Le quartier prospérait, ses habitants, insoucieux de la ville qui fumait à leurs pieds, échangeaient de tranquilles saluts, parcouraient les chemins de béton entre les pelouses, humaient l'air parfumé de nourriture, s'approvisionnaient au centre commercial, menaient leurs enfants à l'école, l'école du quartier.

Le corbeau, le renard.

Honteux et confus.

Comment avait-il pu parler ainsi à Nathalie ?

Son téléphone sonna. C'était Elsa.

— Salut Baptiste.

De s'entendre ainsi interpellé, avec une joyeuse évidence, lui fit saisir l'importance pour Nathalie de cette prononciation du prénom. Elle avait raison, notre identité flotte, vacille, s'estompe tout le temps. Il était Baptiste, il l'était davantage quand quelqu'un s'adressait à lui en prononçant les syllabes dont ses parents avaient choisi de parer son être pour toute la vie et peut-être au-delà, jusqu'à ce que votre souvenir, à son tour, déserte la mémoire des mortels.

— Allô ? Tu es là ?

— Oui, Elsa, oui, bonjour, je suis là. Je suis tout à fait là.

Quant à revêtir, même provisoirement, le prénom d'un autre, il en était certain maintenant, c'était dangereux. Un discret sacrilège, peut-être un blasphème.

— Tu as l'air bizarre.

— Mais *je suis* bizarre.

Autre effet inattendu de la situation : sa propre voix lui paraissait étrange, étrangère. Ces derniers temps, il l'avait moins utilisée que celle de Chozène. Et s'il en perdait l'usage, comme on oublie sa langue maternelle dans certaines circonstances extrêmes ? Et quand il serait sénile, ne risquait-il pas d'errer, déboussolé, d'un moi à un autre, terrifiant ses compagnons de détention, à la maison de retraite ? Elsa rit. Son rire était presque aussi beau que celui de Mona.

— J'avais un truc à te proposer. Un truc important.

— C'est oui.

— Attends quand même de savoir.

— C'est oui, je te dis.

— Très bien, quand est-ce que tu pourrais te libérer ?

— Me libérer ?

— Pour venir chez moi.

— Je suis libre.

— D'accord. Je t'attends.

Par précaution, il n'emporta pas le téléphone de Chozène

et se sentit de ce fait bien plus fermement lui-même, sentiment aussi savoureux qu'indicible. Le mouvement vif de la porte d'Elsa qui s'ouvrait, le courant d'air frais provoqué par ce mouvement et le flot de lumière qu'il répandit sur l'entresol trouvèrent dans son moi raffermi des chemins vers des souvenirs dormants de bonheurs estivaux, qu'ils éveillèrent. Il embrassa goulument sa joue rose.

—Tu as l'air en forme ! s'amusa-t-elle.

Il hésita entre plusieurs réponses, ne dit rien et la suivit dans l'appartement. Les lieux vibraient d'un doux dynamisme, invitaient aux projets, communiquaient la certitude qu'ils étaient réalisables. Les pieds nus d'Elsa sur les longues planches étincelantes du parquet lui rappelaient une pub formidable qui passait souvent avant les films, à l'époque où sa grand-mère l'emmenait au cinéma.

Elle lui proposa un truc à boire, il refusa d'abord, impatient de savoir ce qu'elle attendait de lui, puis changea d'avis et la regarda compter les mesures de café moulu qu'elle déposait dans le filtre. Ce geste l'intéressa au plus haut point, il s'y absorba. Un peu plus tard, tandis qu'elle lui parlait d'il ne savait trop quoi, lovée dans le canapé, il focalisa toute son attention sur l'apparition intermittente de ses incisives nacrées, particulièrement visibles quand elle prononçait les f et les s. Comme d'habitude, quand il était authentiquement amoureux, la personne aimée excédait ses capacités perceptives et éteignait sa cognition. Les signaux qui émanaient d'elle lui parvenaient si gorgés d'énergie que son propre organisme les appréhendait avec précaution, comme lorsqu'on absorbe un breuvage brûlant. Incapable de saisir l'entièreté d'Elsa, il en dégustait les détails, tressautement d'une mèche, crispation d'un orteil, miroitement d'un ongle.

—Voilà, dit-elle. Je te montre. Il est connu, bien sûr, mais je te montre.

Il y eut donc ce moment, auquel la conscience de Baptiste fut incapable, par la suite, d'assigner une place dans une chaîne causale ou chronologique, où elle ouvrit un gros album et lui présenta une reproduction de *La Grande Odalisque,* d'Ingres.

Il avait de ce tableau un souvenir assez vague, plutôt scolaire, en lien, lui sembla-t-il, avec le bac de français. Il se rappela que la femme nue qui lui lançait un regard intimidé présentait quelques invraisemblances anatomiques dont il avait oublié la nature exacte. Une histoire de vertèbres.

— C'est le côté iconique qui m'intéresse, bien sûr, expliqua Elsa.

— Bien sûr.

— Je ne dois pas avoir peur de mon goût pour la peinture, ni de mes facilités techniques.

— Surtout pas.

— C'est peut-être même ce qui pourra sauver le tableau du pur concept.

— Peut-être. À voir.

Elle referma le livre.

— Tu acceptes toujours, alors ?

— De ?

— Poser pour moi. C'est énorme, évidemment. Tu seras mon premier nu.

Lorsqu'il découvrit qu'elle avait reconstitué, dans une petite chambre, le décor du tableau, il comprit qu'il ne s'agissait pas d'une plaisanterie. Tout y était, l'éventail, le brûle-parfum, les draperies bleues et or, le baldaquin à motifs floraux.

— Pour la lumière, j'ai eu du mal, évidemment. Mais un copain m'a prêté ce projecteur et, tu vois, il chasse bien les ombres.

Elle l'alluma. L'engin produisit, dans un bourdonnement, une blancheur de scialytique. Recouvrant brutalement toutes ses facultés, Baptiste essaya de se remémorer leur conversation mais il n'en subsistait qu'une poussière de gestes et le mot genre. Il forma péniblement une phrase comprenant ce mot, l'assortit d'un point d'interrogation, attendit une réponse.

— Oui, reconnut-elle, ça peut paraître un peu bourrin, mettre un mec à la place de l'odalisque, avec en plus toute la symbolique orientalisante. Mais c'est justement ce côté frontal qui me plaît. En plus, si on réfléchit, ça s'inscrit bien dans l'évolution de mon travail jusqu'à maintenant, des portraits d'hommes.

— Ce serait, résuma-t-il, un projet militant ? Un truc féministe ?

Elle hocha la tête.

— Et la position ?

— La position ?

Il se rappelait ses cours, maintenant.

— La position de la jambe est impossible. Si on essaie, on se démet la hanche.

— Je sais. Tu feras au mieux et moi je m'aiderai du tableau. À moins que justement je souligne cette impossibilité, en insistant sur la torture. À voir, en fonction des croquis.

Il n'était pas sûr de tout comprendre. Ce qui était certain, à en juger par la joyeuse assurance d'Elsa, par son optimisme, c'est qu'à un moment ou à un autre, il avait dû dire oui.

— Et on commencerait quand ?

— Tout de suite, si tu veux bien. Déshabille-toi, on va faire des essais de turban.

Ainsi étendu sur le matelas trop mou, la tête tordue, l'œil vague, les plumes du chasse-mouches lui chatouillant la cuisse, les plis des étoffes superposées irritant ses flancs, il éprouva très vite une douleur lancinante aux cervicales. Elsa l'avait aidé à trouver la position, promenant ses mains sur son corps sans la moindre lascivité, plutôt comme un kiné impassible ou proche de la retraite. En raison des années qu'elle avait passées aux Beaux-Arts, supposait-il, au cours desquelles, supposait-il encore, chacun se dévêt à la moindre occasion, elle n'avait pas paru émue de sa nudité. À aucun moment elle ne s'était interrompue dans les explications relatives à son projet, explications qu'une fois de plus, il n'avait pas bien écoutées. En fin de compte, il se demandait s'il n'était pas en train de collaborer à un revival inversé de la Joconde à moustache, une sorte de gag conceptuel. Pour se donner une contenance, tandis qu'il cherchait à éviter une compression trop douloureuse de son testicule gauche, il émit cette réserve, à laquelle elle souscrivit, tout en soulignant que nombre de gags conceptuels, de l'urinoir de Duchamp au plug géant de Mc Carthy, avaient passablement enrichi leurs auteurs et elle avoua qu'elle ne négligeait pas la question du fric. Et puis, l'Odalisque avait été détournée maintes et maintes fois. Baptiste se rappelait probablement la version *Made in Japan* de Martial Raysse (il ne la connaissait pas). Pour l'argent, il aurait sa part, précisa-t-elle aussitôt, on pourrait même signer un genre de contrat, une bonne copine à elle s'y entendait en droit de la propriété intellectuelle. Mais le plus important était ailleurs. Elle ambitionnait, rappela-t-elle, un retour à la peinture, quelque chose d'hyper contemporain et d'hyper beau à la Thomas Levy-Lasne. Elle avait ce truc, elle n'osait pas dire talent, ce coup de crayon, cet instinct graphique si décrié qu'elle admirait tant chez les néo-classiques. On était écrasés par un consensus, depuis Cézanne, et ça allait changer.

Au cours de la séance de croquis préparatoires, Baptiste fut hanté par la conscience aiguë de ses propres fesses, nues, offertes à l'expertise d'Elsa. La pose, la position requéraient cette exhibition, mais il n'avait jamais mesuré à quel point, en fait, la grande Odalisque montrait son cul. Il se demanda, en une tentative un peu vaine d'évasion théorique, si le tableau tout entier ne gravitait pas autour de ce postérieur, si l'architecture, la composition de la toile n'étaient pas secrètement gouvernées par cette rotondité fantasmatique, à l'instar de la perle d'où procède la jeune fille au turban, de Vermeer. D'ailleurs, dans son souvenir – et Elsa le lui confirma – le tableau d'Ingres ne montrait que l'une des deux fesses, l'autre étant dissimulée par un froufrou du drap. Comme si l'artiste avait choisi d'occulter cette redondante gémellité au profit d'une expression plus pure, plus synthétique.

— Si tu vas par là, abonda-t-elle, on ne voit qu'un sein, une oreille et l'œil gauche est dans l'ombre.

Il fut un peu déçu par cette adhésion désinvolte, comme si ses réflexions allaient de soi ou ne présentaient qu'un médiocre intérêt. Elsa, plus vraisemblablement, était trop concentrée sur ses croquis pour approfondir la question. Elle ne refusait pas de parler, au contraire, mais considérait leur dialogue comme un fond sonore agréable, sans plus. Il s'autorisa donc de longues plages de contemplation muette. Après tout, il était pleinement autorisé à la regarder, écarquillant son œil droit. Les pieds posés sur l'anneau du haut tabouret de bar où elle était juchée, vêtue d'un jean retroussé sur ses mollets parcourus d'influx et d'une chemise trop grande, échancrée, elle était parfaitement affolante.

Il chercha des détours pour aborder la question du désir dont elle avait parlé, une fois, à propos de ces séances de pose, cette tension sensuelle qui s'instaurait toujours, cette attirance – il fouilla dans ses souvenirs et fut presque sûr qu'elle avait évoqué une *réciprocité inéluctable* ou quelque chose comme ça – entre le peintre et son modèle. Par-dessus tout, il espérait qu'elle revienne, au moins partiellement, sur cette histoire de *calme profond*.

Apparemment ses biais manquèrent de discrétion car elle lui demanda tout à coup, alors même qu'il commençait à renoncer :

— Tu veux savoir si je pourrais envisager de faire l'amour avec toi, c'est ça ?

Il se recala mieux sur ses coussins.

— On pourrait le dire comme ça, mais…

— Personnellement, ça ne me dérangerait pas du tout.

Il s'imagina, coupant court, se ruer sur elle, un instant ralenti par les draps, tandis qu'elle laisserait s'envoler ses feuilles de papier qui se balanceraient un peu dans la lumière avant de se poser doucement sur le parquet où ils s'accoupleraient déjà.

— Je veux dire, atténua-t-elle en hachurant le papier avec un bruit irritant, que je serais capable d'éprouver du désir pour toi.

— Tu serais ?

Les yeux rivés à son dessin, elle fronça les sourcils comme une chirurgienne avant d'inciser.

— Il ne faut pas confondre (elle laissa s'écouler plusieurs secondes de silence concentré, il détesta ça), il ne faut pas confondre le désir et l'excitation.

Il retint un soupir.

— Comme je l'ai dit, le fait de peindre un garçon produit mécaniquement de l'excitation. Il y a une jolie nouvelle de Doris Lessing là-dessus. Tu l'as lue ?

— Non.

— Je ne suis pas sûre, pour Doris Lessing. Enfin, peu importe. Le désir, pour moi, je parle pour moi, c'est autre chose.

Baptiste se cloîtra dans un silence faussement indifférent. Elle n'avait pas besoin de lui pour parler.

— Pour moi, c'est vraiment le truc classique, le vieux machin freudien.

Elle s'interrompit pour expliquer qu'elle avait entamé plusieurs analyses, avec des psys différents, tous excellents, elle avait abandonné à chaque fois. Mais ce qui était patent, indiscutable, ce sur quoi ils s'accordaient – implicitement pour deux d'entre eux – c'était qu'elle souffrait d'une névrose d'échec. Tu connais ?

— Pas bien.

— J'organise tout pour tout foirer.

— Ah.

— Forcément, avec des parents tarés.

— Tes parents sont tarés ?

Il faillit se retourner.

— Non, ma mère est adorable, absolument adorable, si tu savais. Je pourrais peut-être te la présenter. Mon père aussi est adorable.

— Et donc, par rapport au désir ?

Elle leva les yeux, souffla sur une mèche, parut surprise de le trouver là, à poil.

—Ah oui. Eh bien, je désire toujours des salauds. Classique. Des tordus, des méchants.

—Des tarés ?

—Oui, mais pas du tout adorables.

Elle attrapa un fusain et se mit à gratter le papier. La conscience exaspérée de ce grattement rendait presque fou Baptiste. Il fallait qu'elle cesse. Tout de suite.

—Toi, tu es adorable, déclara-t-elle en examinant son travail. Et très beau. Vraiment très beau. Si on réussit, le tableau sera magnifique.

Elle sourit, telle une doctorante à la fin de sa soutenance, pour signifier que tout était dit. Monta en lui, depuis d'inavouables profondeurs, une pulsion ravageuse. Il allait se lever, arracher son turban et, pointant sur elle son éventail, lui balancer que tout adorable et très beau qu'il était, il ravalait les pires tordus qui ondulaient sur l'écran noir de ses fantasmes au rang de caïds d'opérette. Ton père taré traite ta mère de crotale, je sais tout, j'écoute tout, j'organise tout. Après quoi, elle s'empalerait sur lui.

—Mon père est encore très amoureux de ma mère. Il n'arrive pas à décrocher. J'essaie de lui faire comprendre qu'il doit essayer de reconstruire quelque chose mais je vois bien qu'il ne peut pas. C'est écrasant, pour moi, cette fidélité. Peut-être que s'il voyait enfin quelqu'un d'autre, je ne sais pas, je pourrais sortir de ma spirale.

—Genre, t'intéresser à des garçons adorables ?

—Genre.

Elle sourit à nouveau, sauta sur ses pieds et lui montra les premières ébauches. Il fut stupéfait. C'était indiscutablement magnifique. Son image, surtout, était beaucoup plus ferme que lui, plus résolue, affrontait fièrement l'espace du papier, s'approchait du bord sans appréhension, sans tremblements. Il paraissait impérial, sur son matelas. Certains détails étaient déjà très travaillés, la plante de son pied, notamment, sa nuque. Les ombres le ceignaient avec délicatesse.

— La vache !

— Tu trouves ?

Pour la première fois, il crut comprendre vraiment le projet, entrevit l'avenir de ce portrait en gestation, imagina les couleurs. Un peu plus loin, la toile nue, au format, supposa-t-il, du tableau original, était tendue sur un chevalet. Il prit conscience aussi du million d'heures qu'il faudrait pour en venir à bout, vaste espace temporel qui lui permettrait forcément d'avancer vers Elsa, de poursuivre leurs conversations, de la séduire, oui. L'homme qui le regardait, de trois quarts, sur l'épaisse feuille de papier, serait capable de séduire Elsa.

— Tu veux qu'on fasse une pause ? Je te sers un truc ?

— Non, décida-t-il. Non, non. On s'y remet.

Il retrouva sans trop de peine la position douloureuse. Elle se rassit sur son tabouret. Quelque chose, dans leur rapport, se professionnalisait.

— Pourquoi tu dis que tes parents sont tarés ?

Elle ferma un œil.

— Pas tarés, mais… C'est mon père. Par rapport à son père.

L'évocation du vieux Chozène lui contracta les viscères. Elsa lui fit le portrait d'un homme – elle chercha longtemps le mot sans cesser de frotter sa feuille – exaspéré. Fâché en permanence, contrarié par le mouvement même du monde, par l'insouciance de ses habitants, tracassé par on ne savait exactement quel scandale, ou plutôt si, par l'égoïsme foncier des humains, par leur petitesse, leur insouciance métaphysique, leur incurie, leur incorrection, leur incroyable vanité. La vie n'était vivable qu'à la condition de la détester, toute manifestation de joie, tout oubli provisoire de notre néant avait le don de le mettre hors de lui, inaugurait une longue période de bouderie dont on n'était jamais certain d'être vraiment sorti, les rancœurs s'accumulaient, les contrariétés, rappelées au détour de remarques fielleuses qui formaient, à force, une interminable chronique de l'irrémissible.

— Et ton père, s'enquit Baptiste, il en pense quoi ?

— Mon père, c'est compliqué. Depuis son enfance, il cherche à lui plaire, à se faire pardonner d'être venu au monde.

— Mince.

— Oui. Mais ça a donné ses livres, quand même.

— Quand même.

Ils se turent. Elsa ne semblait pas plus gênée par le silence que par la parole, équanimité qui rappelait celle dont elle faisait preuve à l'égard des corps nus ou habillés et qui constituait peut-être une caractéristique de son rapport au monde. Baptiste se demanda comment il pourrait réformer la relation de Chozène à son père. Il avait une vocation de doublure, non, de double. De catalyseur. Au père, il prêtait sa voix, à la fille, son corps.

— Qu'est-ce qui t'arrive ? s'inquiéta Elsa.

— Quoi ?

— Je ne sais pas, tu as un sourire, comment dire…

— Crétin ?

— Un peu.

Deux heures plus tard, il n'en put plus. Son œil exorbité lui communiquait des images surexposées, de celles que procurent probablement le jeûne ascétique ou la mescaline. Elsa dans un nimbe bleuâtre, et mille guipures lumineuses festonnant la profondeur de champ qui fuyait par la porte entrouverte vers les splendeurs du salon. Qu'il ferait bon vivre là ! À coup sûr, son père payait le loyer. Qu'est-ce qu'il racontait, le loyer ? Son père lui avait offert l'appartement. Il n'était pas à sa place, pas du tout, à patauger ainsi dans des problèmes de riches.

— Je vais y aller, Elsa.

— Pas de soucis.

Il changea péniblement de position, s'assit en se frottant la nuque, tandis qu'elle ne regardait pas son sexe racorni, épuisé par les heures de pose. Il attendit vainement des remerciements. Elle examinait ses croquis.

— Bien sûr, précisa-t-elle, on travaille à l'ancienne, hein ? Pas de photo, pas de vidéoprojecteur, aucune facilité.

Il approuva. Aucune. Le *on travaille* le consolait de ses souffrances.

— Quand est-ce qu'on remet ça ? s'enquit-elle.

— Demain ?

— C'est parfait pour moi. Plus les séances sont rapprochées, mieux c'est. Mais tu n'as pas des choses à faire ?

— Je gère mon temps, répliqua-t-il fièrement, en enfilant son slip.

Agacé par l'inaction, il éprouva, de retour chez lui, le besoin de se mettre au travail. À peine eut-il rallumé l'appareil de Chozène que celui-ci sonna.

—Allô ?

—Baptiste ?

Le coup au cœur faillit lui faire avaler de travers sa poignée de Chocapic. Avait-il oublié de déguiser sa voix ? Il regarda l'écran et soupira.

—Bonjour Mona.

—Non, je vous en prie, gardez la voix de Pierre.

—Pardon ?

—Disposer de deux hommes qui vous parlent d'une seule voix, c'est tellement inouï.

Disposer ? Il finit d'ingurgiter ses céréales.

—Non, Mona, décida-t-il. C'est… pervers.

—Dommage.

Qu'attendait-elle de lui ? Était-il censé servir d'intermédiaire aux amants ? Ce n'était pas prévu. Il allait falloir ajouter un avenant au contrat.

—Je voulais vous remercier pour ce que vous avez fait.

—Je vous en prie.

— Non, vraiment, vous n'imaginez pas. Pierre et moi, depuis si longtemps, on était comme deux planètes qui se tournent autour.

Il ne comprit pas bien la métaphore mais bon. L'amour avait ses mystères, comme la gravité. Il reprit des Chocapic.

— Et votre mari ? risqua-t-il.

— Il le vit très mal. C'est un rancunier, vous savez. Mais je me sens si soulagée.

— Vous allez vivre chez Choz… chez Pierre ?

— Pas du tout. Il écrit. C'est une chose que je respecte infiniment. Pour l'instant ma sœur m'héberge. Ensuite, je me débrouillerai.

— Très bien, dans ce cas…

Il fronça les sourcils. Double appel. Le père de Chozène.

— Je dois vous laisser, Mona.

— Bien sûr, bien sûr. Juste une chose, vous savez, Pierre n'est pas toujours très à l'aise quand il s'agit, eh bien, de parler. De dire ce qu'il ressent.

Le vieux insistait. « Papa », martelait l'écran.

— Alors je me demandais si vous ne pourriez pas…

— Oui ?

— Me dire avec sa voix ce qu'il n'osera jamais m'avouer.

— Comment ça ?

— Je suis sûre que vous avez très bien compris.

Il ferma les yeux. Après tout, ce n'était pas plus difficile que de se jeter du plongeoir de dix mètres. Il l'avait fait, jadis, sous le regard de sa mère.

— Je t'aime, Mona.

Silence ébahi à l'autre bout du fil, suspension du souffle, prémices de suffocation.

— À chaque heure, à chaque minute, ton image m'apparaît. Tes yeux, ton corps époustouflant, l'inépuisable ferveur de tes gestes.

— Oh…
— Ton absence creuse les heures, ton parfum dans les draps.
— Mais tu as besoin de temps pour écrire…
— Je me revois, nu, drapé dans ces étoffes, et ton regard sur moi.
— Les étoffes ? Quelles étoffes ?
— Je dois vraiment vous laisser, Mona. Pardonnez-moi.
— Bien sûr, Baptiste, merci, c'était parfait. À très bientôt !
L'appareil signalait un appel en absence. Le vieux avait fini par se lasser. Il fut d'abord tenté de passer outre mais se ravisa. C'était le moment, sûrement. La conjonction des planètes. Il rappela.
— Bonjour papa, tu as cherché à me joindre ?
Bref esclaffement dans l'écouteur.
— Je te fais rire ?
— *Tu as cherché à me joindre !*
— Oui, et ?
— Cette langue de la com. Pour un *écrivain…*
Divers facteurs entrèrent en jeu. En premier lieu, sans doute, sa tirade de Cyrano suranné pour Mona, manière de mise en voix et en verve. Mais surtout les assertions d'Elsa concernant le vieil homme. Et peut-être aussi le fait d'avoir osé se déshabiller pour elle. Il se crut capable de tout.
— Écoute, papa. J'en ai assez.
— Pardon ?
— Pardon, c'est le mot que j'aimerais t'entendre prononcer. Mais sans point d'interrogation.
— Pierre, tu as bu ?
— Arrête, avec ça.
On y était. C'était bon. La colère était là. Il puisa dans des souvenirs d'injustices passées, de vexations scolaires,

des humiliations de dortoir, en colonie de vacances. C'était lui qui avait insisté pour passer le mois de juillet de ses dix ans au camp de Langeais. Ses copains lui avaient promis que ce serait génial. Sa mère n'était pas rassurée, il l'avait convaincue. Un mois de persécutions, de lits en portefeuille, de dégueulasseries dans les douches, pendant que les monos fumaient du shit. À l'autre bout du fil, la respiration du père Chozène paraissait lourde, embarrassée, presque sifflante. Le vieux se tenait sur ses gardes.

— J'en ai assez de ta condescendance à mon égard. De... de ton mépris. De ce reproche permanent que j'entends dans ta voix.

— Mais de quoi parles-tu ?

— Je suis sûr que tu as très bien compris.

— Absolument pas.

— Allons, tu es cruel mais pas idiot.

Quelque chose comme un coup de glotte à vide.

— Cruel ?

— Tu préfères la langue de la com ?

Il arpenta la scène de son salon, assenant les coups avec méthode. Les confidences d'Elsa étaient encore fraîches, il y puisa, rappela les griefs, les enroba de considérations de son cru, se persuada que l'échec du premier mariage de Chozène tenait en grande partie à cette réprobation forcenée du père, laissa entendre qu'il avait traversé, entre les griffes de Nathalie, de longues années stériles et vaines, qu'à aucun moment il n'avait trouvé chez l'auteur de ses jours le moindre soupçon de commisération, la plus petite ouverture, que l'écriture l'avait sauvé, sans doute, sans doute, mais à quel prix, se rappela qu'il existait un livre intitulé *L'Écriture ou la Vie,* de qui, déjà ? se demanda comment utiliser ce titre pour illustrer son réquisitoire mais échoua, perdit un peu ses moyens, se reprit, rama pour, tout de même, laisser entendre qu'il aimait son père, oui, qu'il l'aimait, bordel, de cet amour muet des enfants terrifiés qui ratent leur vie parce qu'ils s'épuisent à produire des preuves d'amour muettes. Bon sang, la vie ! On n'en avait jamais parlé jusqu'à maintenant !

— C'est épouvantable, répondit le père, d'une voix anémiée.

Une voix soudain triste, creuse. Vide.

— Comment ça ?

— C'est ironique, développa le vieil homme. Juste aujourd'hui.

— Pourquoi aujourd'hui ?

— Je t'ai supplié si souvent de me parler, de me parler vraiment, mais tu n'as jamais pu. Trop préoccupé par tes livres. Tes fameux livres.

On s'engluait. Baptiste se sentit mal à l'aise, tout à coup. Moins à cause des paroles de son interlocuteur que de la raucité inhabituelle de son timbre.

— Mes livres dont tu ne m'as jamais dit un mot, d'ailleurs.

— Je vais te le dire, ce mot. Ils sont affreux.

Il s'assit dans son canapé, pattes coupées. Affreux ?

— Ils sont tristes, ils sont secs, maniérés, tes livres. Des recueils de dictées. Oui, bien sûr, tu as du style, le style qui affecte de n'avoir pas de style, tu jongles avec les truismes, tu détournes les phrases comme un pirate de l'air du temps, tu sais y faire. Une patience de maquettiste.

— Tes compliments m'honorent.

— Laisse tomber l'ironie, Pierre. Je n'en peux plus de ton ironie. De ta virtuosité. Depuis ton enfance, tu t'évertues à dissimuler que tu te donnes en spectacle. Je n'aime pas tes livres, non, je les déteste. Ce ne sont pas des livres, d'ailleurs, ce sont des artefacts. Des machines élégantes. Tout ce que l'industrie culturelle peut produire de pire, tu comprends ? Du vide sur papier glacé.

Dégrisé, Baptiste se recroquevilla contre ses coussins. Il avait dû y aller un peu fort. Syndrome de toute puissance, effet Nathalie, effet Mona, effet Elsa. Un genre de court-circuit, un contact inopiné entre les fils de son existence et de celle de Chozène, il était temps de débrancher certaines fiches, de rétrograder, de regretter.

— Bon, je pense que nous n'irons pas beaucoup plus loin aujourd'hui, tempéra-t-il.

À sa surprise, un éclat de déchirante hilarité, un rire franc mais rouillé lui répondit, brutale tempête arthritique, quelque chose d'interminable et de douloureux.

— C'est le cas de le dire, râla le vieux.

— Comment ça ? Qu'est-ce qui se passe ?

Il ne comprit qu'à cet instant que, depuis le début, quelque chose d'autre cherchait à se dire, qu'il avait étouffé tout de suite, quelque chose de monstrueux, dont la monstruosité s'était aggravée au cours de leur échange, quelque chose de définitif et d'impardonnable.

Pas de réponse. Une toux lointaine, un silence puis une voix inconnue au bout du fil.

— Monsieur Chozène ?

— Oui.

— Ici le professeur Dombreuse, de l'hôpital Charles Nicolle à Rouen. Écoutez, voilà, votre père tenait à vous l'annoncer lui-même, mais il n'est pas… plus en état de…

Baptiste se contracta encore, produisit un silence dense, brut, trapu, de nature à résister à cette voix, à l'absorber, à l'annuler.

— Un accident cardiaque, une attaque massive. Nous l'avons ranimé par miracle et il a tenu à vous appeler. Il vient de perdre à nouveau connaissance, je suis désolé. Écoutez, je vais devoir vous laisser. Je pense que vous devriez venir. De toute urgence.

Il appela Chozène. Pas de réponse. Mona, pas de réponse. Dévala l'escalier, taxi.

— Il a déjà eu ce genre de problème, observa Chozène, sanglé dans son peignoir.

Lovée contre lui, Mona baissait la tête.

Dans la poche de Baptiste, une sonnerie retentit. Le jeune homme tendit l'appareil au romancier, décontenancé.

— C'est moi, répondit Chozène.

Il n'ajouta rien, acquiesça en silence, puis rendit le téléphone à Baptiste. La voix grave du professeur Dombreuse s'en échappa.

— Monsieur Chozène ? Vous m'entendez ?

— Je vous entends, répondit Baptiste. Excusez-moi.

— Je vous en prie. Je suis navré de vous apprendre cette terrible nouvelle. Nous n'avons rien pu faire. Son cœur était très fatigué. C'est… un miracle qu'il soit parvenu à vous parler. Que vous ayez pu avoir cet ultime entretien. Toutes mes condoléances, Monsieur Chozène.

Un peu plus tard, ils burent quelque chose de fort, tous les trois, serrés autour de la table de la cuisine.

— Ce n'est pas votre faute, Baptiste, dit Chozène.

— Il a eu le temps, bredouilla le jeune homme, de me parler de vos livres.

L'auteur redressa la tête, livide et le fixa avec une intensité désespérée. Mona prit sa main dans les siennes.

— Il m'a dit… Tout le bien qu'il en pensait. La fierté qu'il ressentait. Si j'avais su, j'aurais, je ne sais pas, essayé d'enregistrer cette conversation…

— Je préfère l'entendre de votre bouche, Baptiste. C'est… très important pour moi. Que vous a-t-il dit d'autre ?

— Il m'a parlé de la beauté de vos phrases, de l'émotion qu'elles lui procuraient, de son incapacité à vous en faire part, à s'ouvrir à vous. Il a évoqué son éducation protestante.

— Vous êtes sûr ? Mon père était un catholique fervent.

— Catholique, c'est ça. Catholique.

— Il te regarde, de là haut, affirma Mona. Et il te dit qu'il t'aimait. Qu'il t'aime.

Chozène parut se rappeler qu'elle était là, lui adressa un étonnant sourire statique, excessif, qui lui plissa les yeux.

— Je vais devoir me rendre en Normandie, soupira-t-il. Pour les formalités.

Baptiste en profita pour se lever, chercha comment prendre congé.

— J'avais la conviction qu'il aimait mon travail, ajouta Chozène. Grâce à vous, Baptiste, j'en ai la preuve. Merci. Merci infiniment.

Les jours qui suivirent baignèrent dans la triste exaltation que suscitent les décès. Chozène récupéra son téléphone pour répondre aux messages de condoléances. Momentanément, assura-t-il, je vous le rends dès que possible. D'abord anéantie, Elsa décida d'accompagner son père en Normandie, puis l'idée de conserver à jamais le souvenir de la dépouille grand-paternelle lui paraissant insupportable, elle se fit rembourser ses billets. Elle appela beaucoup Baptiste, l'extirpant sans cesse de ses ruminations.

Sa mère lui téléphona pour savoir ce qu'il devenait. Il ne put rien lui dire, elle n'insista pas.

Dès le lendemain de la mort du vieux, Elsa supplia Baptiste de bien vouloir reprendre au plus vite les séances de pose. Elle souhaitait s'absorber dans le travail, sublimer l'énergie négative du deuil. Il acquiesça volontiers. À force, ces moments lui étaient apparus comme un succédané de coït, la quintessence de la lubricité. Il en rêvait dans l'intervalle, dans l'insomnie, lorsque la culpabilité desserrait un peu son étau. Sur le divan d'Elsa, il se laissait aller de plus en plus souvent à de discrètes érections, comptant sur l'ombre des faux-plis pour les dissimuler. Au demeurant, elle ne se fût sans doute pas offusquée du phénomène, l'eût à peine remarqué, obnubilée qu'elle était par le rendu des fesses, qui l'occupaient entièrement. Elle était passée presque sans transition des esquisses à la toile, dans l'afflux d'émotions et de souvenirs qui libérait sa main. Flottaient des parfums d'huile, de térébenthine et de thé. La disparition du vieil homme modifiait la perspective, son acrimonie légendaire s'effaçait déjà au profit d'une bienveillance imaginaire, bourrue et silencieuse, d'un encouragement muet. C'était lui qui lui avait offert son premier carnet de croquis, lui avait montré comment se servir de pastels. Sa grand-mère jouait, dans l'éclosion de sa vocation, un rôle assez solidement secondaire, consistant à confectionner d'appétissants goûters dont la saveur était à jamais perdue.

— Putain, s'effondra-t-elle, ce que je l'adorais !

Il se leva timidement, la prit dans ses bras, embarrassé par un galon de fausse soie qui s'accrochait à son torse. Elle pleura longtemps puis se remit au travail. Dans l'alternance de silences concentrés et de confidences émues, se frayait toujours la tentation de lui dire la vérité, mais il lui tordait le cou à chaque fois, considérant qu'il avait déjà beaucoup trop ouvert sa gueule.

Quand le projecteur chauffait trop, ils s'interrompaient, mangeaient ou écoutaient un morceau. Il ne se rhabillait presque pas, cachant l'essentiel sous un coussin ou se drapant à la sauvette.

Au milieu de la deuxième nuit après le drame, elle promena négligemment ses mains sur le torse de Baptiste.

— Ce qui m'a tout de suite plu chez toi, par rapport au projet, je veux dire, ce sont tes rondeurs. Tu as presque des seins.

Le contact de la main d'Elsa lui arracha un gémissement involontaire.

— Peut-être qu'on devrait baiser, finalement, suggéra-t-elle. Juste comme ça, pour évacuer toutes ces tensions.

Mais son téléphone sonna. C'était Chozène, il veillait son père, ne trouvait pas le sommeil, s'excusait d'appeler aussi tard. Elle sourit et mit le haut-parleur.

— Tu ne me déranges jamais, papa.

— Elsa, je tenais à ce que tu le saches. C'est sans doute le pire moment pour te l'annoncer. Je ne sais pas.

Baptiste écoutait cette voix, d'une oreille professionnelle, s'admirant d'avoir si bien su en calquer les méandres.

— Bref, voilà. J'ai… J'ai quelqu'un. Dans ma vie.

— Quelqu'un ?

— Mona. La femme de G… d'André. Elle est avec moi en ce moment. Je veux dire, elle est ici, au chevet de papi.

— Ah.

— Tu es fâchée ?

— Fâchée ? Papa, franchement…

— Tu préfères qu'on raccroche ?

— Oui, je préfère. Je t'appelle.

— Une dernière chose, l'enterrement a lieu après-demain, au cimetière de Verneuil-sur-Avre, à quatorze heures.

— Je viendrai.

Elle ralluma le projecteur et il comprit qu'elle n'avait plus l'intention de caresser sa poitrine de sa main brûlante. Il reprit la pose, cherchant quelque chose à dire.

— Ça va ?

— Tu veux savoir si je suis fâchée ?

Il ne put deviner s'il s'agissait d'une tentative d'ironie. La pénombre lui dissimulait son visage.

— Je ne sais pas. L'autre jour, tu disais que… enfin, tu espérais qu'il rencontre quelqu'un.

— Oui, concéda-t-elle. Mais pas Mona.

— Ah bon, pourquoi ? Qui est-ce ?

— Une pute.

Elle ne reprit la parole qu'une grosse demi-heure plus tard. Deux fois, déjà, il avait tressauté, au bord du sommeil.

— Est-ce que tu accepterais de m'accompagner ?

— Bien sûr, où ça ?

— À l'enterrement.

Ce fut à ce moment précis, peut-être parce que le mot avait été prononcé par Elsa, avec sa voix, peut-être parce qu'il était tard et qu'il tombait de sommeil, à ce moment précis et pas avant, que lui revint le souvenir des funérailles de son propre grand-père, bien des années plus tôt.

Sa grand-mère n'avait pas modifié la disposition des meubles: même piano arborant sans sourire sa rangée de dents patinées, même chandelier d'étain reflété par la vitrine de la bibliothèque, où l'on se voyait dans les livres, même odeur d'encaustique nuancée de légumes cuits.

Ce n'était pourtant pas un jour à faire la cuisine. A côté du divan, parmi les meubles, propre et neuf reposait le cercueil de son grand-père.

Il avait dit le soir de sa mort en plaçant le signet dans son roman presque achevé: « Je le finirai demain, si dieu le veut. »

Sa mère et son père se tenaient droits, l'encadrant. Le salon tout de bois, d'étoffes lourdes et de vitres, jouait un air tristement ennuyeux dans le silence du piano. L'oncle, les tantes et les petites cousines pensaient, mais sans pleurer, ces visages de Noël, figures de banquets familiaux, ordinairement lumineuses, rouges des cuivres de la grand-mère dans la grande salle commune, ces petites filles aux rires criards et doux courant sous les tables et tressant des guirlandes aux murs, toutes ces figurines de souvenirs colorés, mal faites pour le malheur, les voilà qui remuaient la tête, au rythme de la musique du salon.

Baptiste avait regretté de n'avoir pas prévu que le grand-père mourrait si vite: à leur dernière visite, il ne s'était pas montré assez attentif, et aucun des mots prononcés ne lui revenait, tout juste un geste, un mouvement machinal du pouce droit tournant légèrement derrière l'oreille la molette de *l'appareil pour entendre* dont la couleur beige et la texture apparemment molle lui avaient toujours évoqué quelque chose de comestible, comme un gros caramel.

Le matin, au lever, le vieil homme écoutait la radio en robe de chambre et ses rares cheveux étaient en bataille. Il émanait de lui une forte odeur, un parfum de savon ou d'eau de Cologne. On le voyait de dos, réglant d'une main le volume du poste aux grésillements sifflants, de l'autre la confiserie de son oreille, occupé à domestiquer les bruits, mal accordé au monde, la voix trop forte, le geste raide, offrant furtivement au baiser de ses petits-enfants des joues rêches et bientôt bleuies par la lancination du rasoir électrique. Domestiquant les bruits, mais entouré de bruits, raclements de gorge ou de chaises, sifflets et cornements des matchs de football du samedi après-midi à la télévision, cacophonie des sourds. Tout ceci qui se taisait dans la musique du salon.

Baptiste ne se rappelait aucune parole de son grand-père, même pas celles qu'il lui adressait le matin, toujours les mêmes. Aussi bien, son grand-père s'adressait peu aux enfants et l'on était surpris de l'entendre demander, par exemple, comment ça se passait à l'école, parce que dans sa bouche, l'école n'avait pas la même forme ni la même couleur qu'en réalité. Et de quoi parlait-il aux parents, et aux oncles?

Noires et blanches, les petites cousines étaient alignées devant le râtelier du piano, incapables de concevoir que la longue bière puisse avoir englouti tant de vacarme. On se l'imaginait à l'étroit là-dedans, lui qui n'aimait ni le noir, ni la solitude, ni l'exiguïté ni le silence, cet homme de grand air. Le premier mort de Baptiste. La première voix chère à s'être tue.

Il se figurait mal tout ce qui avait précédé l'enfermement dans le cercueil, bien qu'il s'y fût employé, acharné à fouiller dans la chair des choses, à partir des mots rares et des images fugaces qui avaient suivi l'événement. Sa mère seule dans la cuisine, en robe de chambre, sans lumière, baignant dans une aube grise et confuse, pas de chocolat chaud ni de tartine grillée, la chaise vide où son père buvait habituellement du bout des lèvres son café brûlant, et le bourdonnement du frigidaire. « Grand mère a téléphoné cette nuit. C'est une très mauvaise nouvelle. »

Puis venait l'église, ouvrant à deux battants ses portes au cortège: elle attendait le corps minuscule du grand-père qui ne protestait plus, bien rangé sous les couronnes.

Noires et blanches, les petites cousines alignées sur les stalles avaient commencé à renifler pendant l'oraison. C'était d'entendre le prêtre s'adresser à leur grand-père en le tutoyant, en l'appelant par son prénom, c'était de voir le cercueil au bout de l'allée centrale, avec les orgues et les voûtes noires et la foule d'amis et les voisins, c'était d'avoir sorti leur grand-père du salon.

Baptiste avait été heureux qu'on ne lui demande pas d'asperger la bière, dans la litanie de gens graves qui saisissaient un à un le goupillon du bout des doigts, la tête dans les épaules. Tout lui était étranger, mais rien ne l'étonnait, ni les chants, ni les paroles, ni les gestes de cette tristesse orchestrée qui convenait à l'événement. Il ne pensait plus maintenant qu'à l'instant où l'on allait l'enfouir.

Sa grand-mère se tenait debout devant le trou, de loin elle paraissait fermer les yeux. La foule se tassait dans les allées écrasant le gravier. Il avait du mal à voir. C'était maintenant qu'il fallait se tordre le cou, sortir la tête. Que faisaient-ils là-bas? Encore un geste connu d'eux, répété. Quelque chose qui s'égrenait au-dessus du tombeau; tout était prévu; aussi loin qu'on regarde, aussi profondément qu'on enfonce les yeux, et la mort de son grand-père s'émiettait en détails, ces pétales qu'on fait pleuvoir dans le noir et qui ne le comblent pas. Un employé des pompes funèbres tenait la corbeille où chacun puisait et cette fois personne ne se dérobait, pas même les petites cousines aux visages ridés, alignées et tremblantes, secouant avec dégoût leurs mains moites au-dessus du trou et se perdant dans les méandres des croix.

Ce fut au tour de Baptiste. Il allait sûrement commettre une erreur, renverser la corbeille. L'employé le dévisageait et l'on entendait les sanglots de sa grand-mère, inhabituelle mélodie. Il s'était emparé d'une poignée de limbes racornis et était resté suspendu. Le cercueil, posé sur des rails de bois, neuf dans le noir et nimbé d'une poussière de fleurs. Quelques tâches pâles se posaient sur le bois exsangue. Il fallait s'éloigner de cette pièce noire, éternellement en ordre.

— Ça va, Baptiste ?

Il sursauta.

— Oui, je… je pensais à… ma vie.

— J'ai cru que tu allais tourner de l'œil. Il vaut mieux qu'on arrête pour ce soir.

Le lendemain, dans le train en partance pour la Normandie, elle revint sur le mot pute. En fait, Mona n'était nullement une pute, bien au contraire. A fortiori, Elsa détestait le mot pute, elle ne l'employait jamais, elle n'y pensait jamais, au mot, pas aux putes elles-mêmes, qu'elle respectait infiniment, qu'elle admirait presque. Elle s'était laissée aller à cette facilité de langage, à ce dérapage, c'était difficile à expliquer, à la fois sans y penser et aussi en pleine connaissance de cause. C'était lié à la situation, à cet instant érotique entre eux, elle regrettait, non, ce n'était pas le mot. Mais Mona était tout sauf une pute. Elle la connaissait, c'était une femme bien. La femme qu'il fallait à son père.

— Je la déteste, conclut-elle.

— Mais… pourquoi exactement ?

— Parce qu'elle n'est pas une pute.

La cérémonie elle-même se déroula dans un de ces corridors temporels où ne subsistent que peu d'éléments de la réalité. Baptiste y eut le sentiment de se trouver en tête-à-tête avec le mort, et d'avoir exclusivement fixé le cercueil, jusqu'à sa disparition dans la fosse. Après quoi, on servit une petite collation.

Déambulant parmi les convives endeuillés, l'écrivain s'entretenait avec tel ou tel, posait sa main sur une épaule, sa joue sur une joue. On avait présenté Baptiste comme un ami d'Elsa et ils campaient tous les deux près du buffet. La charcuterie était excellente. Un traiteur local.

— C'est vraiment gentil d'être là, lui dit-elle plusieurs fois.

— Pas du tout, ça me fait plaisir.

Avisant Mona dans les lointains, il se retint de lui adresser un signe.

— Elle te regarde, l'informa Elsa.

— Qui ?

— Tu sais très bien.

Chozène les rejoignit, à un moment.

— Mes condoléances, M. Chozène, marmonna timidement Baptiste.

— Hein ? Oui, bien sûr, merci beaucoup.

— Ça va, papa ? s'enquit Elsa en lui serrant le bras.

— Eh bien, c'est étrange, parce que…

Il lança un regard prudent aux alentours.

— Le livre que j'écris en ce moment. C'était… C'est sur lui.

— Hein ? Sur papi ?

— Oui.

— J'hallucine.

— Personne n'est au courant. J'aimerais que tu… enfin que vous gardiez le secret pour le moment.

— J'hallucine, répéta Elsa. Il ne le lira jamais.

— Non, en effet. Ah, voici ta mère.

Une femme affligée d'un visage mou aux traits durs fendit l'assistance dans leur direction, portant – pour une raison à jamais inconnue – un verre dans chaque main. Au nombre des expériences inédites que lui réservait son emploi, Baptiste ajouta celle de faire connaissance avec quelqu'un dont il savait déjà presque tout. Dans un second temps, il se rappela les propos offensants qu'il avait tenus à cette femme sous le couvert hardi de l'anonymat et, dans un troisième, que Chozène n'en savait rien. Elsa le présenta gentiment à Nathalie mais celle-ci ne lui accorda pas la moindre attention, trop occupée à refuser de faire la bise à son ex-mari qui demeura surpris, vacillant, tête en avant.

— Je viens pour Jean, annonça-t-elle. Pas pour toi.

— Ah oui ? s'étonna Chozène qui ne put s'empêcher de décocher un regard latéral à Baptiste.

— Et pour toi aussi, bien sûr, ma chérie.

— Merci maman.

— Ton père t'a dit qu'il avait une maîtresse ?

Cette phrase, par une incompréhensible conjonction de hasards, se détacha sur fond de silence total. Les conversations peinèrent à redémarrer.

— Comment le sais-tu ? blêmit Chozène.

Elle fit un pas vers lui, donnant l'impression de vouloir l'assommer à coups de menton. Baptiste perçut le parfum de calva dans son haleine.

— Ne te fous pas de ma gueule, Pierre.
— Maman… supplia Elsa.
— Avant toute chose, sache qu'il m'a traitée de crotale.
Baptiste, penché sur le plateau de fromages, perçut à nouveau le regard de Chozène sur sa nuque.
— Gus m'a appelée, reprit Nathalie. On a beaucoup causé.
Mona louvoyait dans les lointains, à la périphérie d'un groupe, hésitant visiblement à s'approcher.
— Il a un gros réseau, tu sais. Attends-toi à des surprises.
— Enfin, Nathalie, gémit Chozène, calme-toi !
— Je suis parfaitement calme.
D'une pression sur l'avant bras assortie d'un haussement de sourcils, Elsa fit comprendre à Baptiste qu'elle désirait partir. Il la suivit vers la sortie.

Ceint d'une lirette polychrome un peu rêche, Baptiste contemplait son portrait, sous le regard d'Elsa. Le tableau n'était pas encore achevé, mais dispensait déjà toutes sortes de promesses fabuleuses. Des surfaces colorées s'ouvraient ici et là comme des portes vers un monde stable, sans malfaisance ni faux-semblants, un monde, songeait-il, qu'il avait connu, ou aurait pu connaître, un univers en tout cas si proche de lui, de ce qu'il aurait désiré devenir si les contours de sa personnalité avaient été plus nettement tracés, que la beauté vibrante des teintes lui faisait presque mal.

Au contact de la toile, le temps changeait de nature, offrant une zone pacifiée, profondément imprégnée de la présence d'Elsa, du souvenir d'Ingres et de sa personnalité à lui, Baptiste, mystérieusement fixée, transfusée dans les pigments. Il ne s'agissait évidemment plus d'une plaisanterie, encore moins d'un manifeste ni même d'une construction. C'était une œuvre en devenir. Certains des mots du vieux Chozène, dont il était devenu l'unique dépositaire, lui revenaient en mémoire. *Artefacts, machines, affreux.*

— C'est magnifique, parvint-il à articuler.

— Oui, approuva Elsa. Je n'aurais jamais cru.

Comme il se demandait ce qu'elle avait voulu dire, une sonnerie retentit. Le temps qu'il se rende compte qu'il ne s'agissait pas d'un téléphone, elle se dirigeait déjà vers la porte d'entrée.

Et revenait, accompagnée de Mona et de Chozène.

— Tiens, sourit ce dernier. Décidément ! Puis il tomba en arrêt devant le tableau.

Tandis que Mona s'absorbait à son tour dans la contemplation, Baptiste récupéra ses vêtements et s'éclipsa pour les enfiler. Quand il revint, l'écrivain et sa compagne n'avaient pas bougé. Elsa, grimpée sur son tabouret caressait sa palette, de la pointe d'un pinceau, l'air préoccupé.

— Absolument prodigieux, murmura Mona au bout d'un très long moment.

— Je te l'avais dit ! renchérit Chozène.

Puis il adressa à sa fille un sourire très pur, juvénile et gracieux, dont il offrit, en tournant un peu la tête, quelques éclats à Baptiste.

— Elsa, reprit Mona. Je sais que la situation est assez compliquée, mais tu connais ton père…

— Oui, et ?

— Mona possède une galerie, précisa Chozène à l'intention de Baptiste.

— Il est très important, dit Mona en traçant un schéma dans l'air, de bien distinguer, disons, le contexte et ton travail en lui-même.

— Voilà, confirma Chozène.

— Je veux t'exposer, déclara Mona.

Baptiste profita de l'indifférence absolue dont il était l'objet à cet instant pour remonter sa braguette.

— Ce tableau est fantastique.

— Il n'est pas terminé. Je peux encore tout gâcher.

Cela sonnait comme une menace. Mona sourit.

— Tu me montrerais les autres ?

Elsa effectua un ample mouvement des bras évoquant la révérence d'un maître de cérémonie. Mona n'hésita qu'une seconde et passa au salon où Elsa la rejoignit. Les deux hommes restèrent seuls dans la petite pièce.

— Ça va bien se passer, chuchota Chozène d'une voix vibrante.

— Pour le tableau, s'excusa Baptiste, c'était une idée d'Elsa.

— Mais oui ! s'exclama Chozène.

Il paraissait mesurer d'un coup ce que la présence dénudée du jeune homme dans l'appartement de sa fille pouvait avoir d'incongru et, en même temps, s'étonner de n'en avoir pas été surpris.

— Vous êtes ensemble ? chuchota-t-il à l'oreille de Baptiste.

— Non, pas du tout. C'est professionnel.

— Ah.

— Mais le tableau est magnifique.

— Ce sera son chef-d'œuvre, confirma Chozène.

Les voix des deux femmes leur parvenaient, par éclats enjoués.

— Tenez, dit Chozène en tendant son téléphone à Baptiste.

— Vous êtes sûr ?

— Mais oui, voyons ! On continue ! Mon livre n'est pas terminé.

Baptiste se saisit de l'appareil avec précaution.

— Fourrez-le dans votre poche ! s'inquiéta Chozène.

— Je suis vraiment désolé pour votre… pour Nathalie.

— À ce propos, il faut que je vous montre quelque chose.

Après avoir jeté un coup d'œil dans le salon où Elsa fournissait à Mona des explications gesticulées sur le portrait du Polonais mort, Chozène fouilla dans sa sacoche, en sortit un journal plié et le tendit à Baptiste.

—Lisez, page 8.

Le choc fut brutal. Sous le titre *Les confidences de Nathalie Chozène* s'étalaient trois colonnes serrées que le regard de Baptiste arpenta sans les lire jusqu'au nom de leur auteur, Gabriel Husson. Dans un réflexe effrayé, il referma le quotidien froissé.

—Merde…

—C'est gratiné, je peux vous le dire, s'amusa Chozène.

—Elle se venge… C'est à cause de moi.

—Quand je pense que vous l'avez traitée de crotale. C'est trop drôle !

Il se pencha pour rire à mi-voix, dans son poing.

—Mais… qu'est-ce qu'elle raconte ?

Le romancier sembla s'apercevoir qu'il portait toujours son manteau, le retira puis s'assit dans le canapé.

—Quantité de choses. Elle prend prétexte du décès de mon père pour évoquer certains souvenirs de notre vie commune. Pas les plus glorieux, mettons. Husson lui pose les bonnes questions. C'est un portrait à charge d'où il ressort que je suis un individu grincheux, terriblement égoïste, vaniteux et alcoolique. Entre autres. Un massacre à la tronçonneuse sous les dehors d'une attaque à fleurets mouchetés

—Seigneur !

— Tout ce qu'elle dit est parfaitement exact ! souligna Chozène.

—Vous envisagez, je ne sais pas… de publier un démenti ?

Il se laissa tomber dans le divan, trop près de l'auteur, dont il perçut la chaleur des cuisses.

—Baptiste, comprenez-moi bien. Ce qu'elle peut raconter m'est indifférent. C'est pour ça que j'ai proposé à Mona de passer chez Elsa à l'improviste. Grâce à vous, je dis bien grâce à vous, ma vie a pris un nouveau départ. J'écris comme jamais. J'écris pour mon père, pour ma fille, je me sens libre, fort, jeune. Je suis amoureux. Et je veux lever tous les obstacles. Vous nous avez sortis, Elsa et moi, de je ne sais quelle léthargie. Vous vous en rendez compte ? Vous avez dissipé le mystère de mon père, vous avez fait parler le sphinx. Je n'y étais pas parvenu en cinquante ans ! Et Mona va exposer les toiles d'Elsa. Je suis si heureux que son futur succès ait la forme de votre, heu… visage. C'est une façon de réparer en partie le sabordage de votre carrière dans le show-business, dont je suis responsable. Alors ce misérable article, ce torchon, franchement, il m'amuse. Je dirais même qu'il me réjouit.

Peu coutumier des tirades, il reprit son souffle.

— Je plane complètement, conclut-il, un ton en dessous.

Baptiste hocha la tête avec gravité. Il entendit Elsa rire, dans le salon, puis Mona l'imiter.

— Vous voyez ? se réjouit Chozène.

Il se leva d'un bond, avec une vélocité surprenante, et les rejoignit. Demeuré seul avec le tableau, Baptiste se renvoya son regard. Les trois voix s'entrelaçaient maintenant dans l'autre pièce. Il se demanda s'il ne faudrait pas, pour l'aider à mesurer la gravité de ses mensonges, affecter à chacun d'eux un coefficient. Jusqu'à présent, le fait de n'avoir pas parlé à Elsa de son arrangement avec Chozène lui semblait atteindre le niveau huit sur une échelle de dix. Mais avoir réécrit les dernières paroles du père à l'agonie relevait d'un autre ordre de grandeur. Le vrai problème, c'est qu'il avait horreur d'évaluer ses actes. Peut-être, pour une conscience plus expérimentée que la sienne, pour un philosophe, quelqu'un qui aurait étudié le soufisme ou quelque chose du genre, ce travestissement de la réalité pourrait-il apparaître comme vertueux à un niveau d'analyse qui lui échappait complètement ? Il lui semblait avoir lu un article sur les bénéfices insoupçonnés du mensonge dans un manuel de développement personnel. Peut-être Fanny aurait-elle un avis mais il n'oserait jamais lui en parler.

Elsa passa une tête par l'embrasure.

— Tu nous rejoins pour un thé ou tu préfères rester là tout seul ?

— J'arrive. J'attendais de voir si vous alliez vous entretuer.

— J'ai dit à Mona ce que je t'avais dit au sujet du fait qu'elle n'était pas une pute.

— Et ?

— Elle veut quand même m'exposer.

— Bien !

Elle se jeta sur le canapé, tout près de Baptiste, bousculant les coussins.

— Nous exposer, précisa-t-elle.

Et elle lui asséna une grosse bise de grande sœur sur chaque joue.

— Quand ?

— Très vite. Le plus vite possible. Dès que tu as avalé ton thé, tu te désapes. On a du boulot.

— Je pourrai attendre qu'ils soient repartis ?

— Chochotte !

Elle se releva, aussi vite que son père, et il rejoignit tout le monde au salon, peinant à se mettre au diapason des sourires.

La mort du grand-père avait singulièrement détendu l'atmosphère.

— Tu es amoureux ? demanda Elsa.
— Je pense, oui, répondit Baptiste.
— Tu penses ?
— Et toi, tu es amoureuse ?
— Tu détournes la conversation, papa.

Baptiste ouvrit péniblement son Velux et inspira. L'air du dehors était si frais qu'il semblait sucré. Il ferma les yeux, le téléphone écrasant son oreille. Le silence d'Elsa se prolongeait, ce qui était sûrement le signe de quelque chose. Tout à coup, un espoir violent l'envahit, dilatant chacune de ses alvéoles pulmonaires. Sa propre question lui était d'abord apparue comme un réflexe d'évitement, dans le contexte un peu niais d'un duetto dont il maîtrisait maintenant plus ou moins le livret. Or en fait, non, il *voulait* savoir. La succession des séances de pose avait fini par susciter en lui un cycle comparable à celui des marées, alternance régulière et impitoyable de désir conquérant et de désespoir caillouteux. Il se mit en quête, dans les profondeurs de son buffet, de chocolat au lait à pâtisser. Il ne pâtissait jamais avec mais accompagné d'un pain suédois, par exemple ou à la rigueur d'une biscotte, c'était idéalement étouffant, sec à souhait.

Explorant le meuble en désordre, il écoutait le silence d'Elsa. Dans ce silence, il l'entendit passer brutalement la main dans ses cheveux, geste dont elle était coutumière, dont elle raffolait, lent peignage primitif, doigts écartés, crochus, grattage du cuir chevelu.

— Tu parles de Baptiste ?

Il demeura suspendu, un paquet de pâtes à la main.

— Pourquoi ? Il y a quelqu'un d'autre ?

Elle rit.

— Je ne sais pas.

Coup à l'estomac. Je ne sais pas. Je ne sais pas, ce n'est pas rien. Pas très loin, en tout cas, de n'être pas non.

— Tu… tu ne sais pas ?

Il n'aurait jamais osé imaginer une telle réponse.

— Pour l'instant, je suis amoureuse de son portrait. Mais c'est toujours comme ça.

— C'est-à-dire ?

— Les hommes n'arrivent pas toujours à ressembler à leur portrait.

— Et lui ? Il y arrive ?

— Je ne sais pas, je te dis.

Il avait déjà, lui semblait-il, vécu des centaines de soirées semblables. Sa mémoire lui proposait une duplication infinie, miroitante, de moments suspendus à l'hésitation d'un autre, d'une autre, à sa décision, à son incertitude. À moins que ce ne fût un phénomène psychique, peut-être comparable au fameux sentiment de déjà vu, un effort désespéré de sa conscience pour dilater ces secondes où Elsa ne savait pas. C'était peut-être le cœur de son problème, cette dilection qu'il éprouvait pour la suspension, qu'il préférait peut-être à l'assentiment.

— Quand tu sauras, trouva-t-il enfin le courage de dire, tu me le diras ?

— C'est malsain, ce que tu me demandes, papa, tu sais.

— Je sais. Tu me le diras ?

— Promis.

Une heure plus tard, Fanny le rejoignit au Lucky. Il l'y avait invitée sans savoir pourquoi, mû par un sentiment d'évidence logique qui lui échappait maintenant. Il n'avait cessé, en l'attendant, de chercher Husson des yeux. Pour tromper son anxiété, il observait les clients, tous jeunes ou presque encore jeunes. Effet, peut-être, de son appréhension visuelle des voix, il se représentait avec une précision étrange le cadre de vie de chacune de ces personnes. Ou plutôt, c'était comme si, pour peu qu'il se concentrât sur leurs mimiques, leurs gestes et leurs paroles, leur décor quotidien se matérialisait autour d'eux, telle une aura en 3D. Ce cadre à barbe possédait forcément un grand canapé d'angle aubergine et une table basse de style industriel. La fille en face vivait dans du velours carotte et le troisième convive, à leur table, couvrait ses murs de bibliothèques suédoises.

— Salut Bape !

— Tu m'as fait peur !

Elle l'embrassa gaiement, s'assit face à lui, et tout était simple, soudain, léger, sans grande importance, elle prit une Alain Schepers, mûrie en fût, lui aussi, ils s'entraînèrent très vite mutuellement dans une conversation passionnée sur la télé des années 2000. Elle lui chanta tout le générique de *Franklin* avec les paroles, il fredonna celui de *Bob l'Éponge* et ils moururent de rire.

Quelques bières plus tard, Husson fit son entrée, auréolé d'une déco sixties comportant, Baptiste en était certain, un plan de travail en formica et un lino damier. Le journaliste s'assit à leur table.

— On se retrouve, nota-t-il avec simplicité.

Aucune agressivité dans la voix, plutôt une mélancolie feutrée.

— Gabriel Husson, indiqua-t-il à Fanny. Je suis un ami de… (Il hésita une trop longue seconde.)

— Baptiste, dit Baptise. Mais nous ne sommes pas amis.

— Oui, non, oui, concéda Husson.

Il envoya un signe, au jugé, en direction du bar.

— Écoute, je ne sais pas pourquoi j'ai fait tout ça.

— Tu veux dire piquer le numéro de Chozène à Elsa, l'appeler puis pondre un article immonde sur lui pour te venger d'avoir été boulé ?

Husson s'apprêta à répondre, s'interrompit, réfléchit puis se décida, mal à l'aise.

— C'est Elsa qui t'a dit que je l'avais appelé ?

Fanny poussa un soupir exagéré, levant les yeux au ciel avec une mimique de femme délaissée qui s'ennuie. Elle le faisait très bien.

— Désolé, plaida Husson, on avait des choses à se dire.

— Moi pas, cingla Baptiste.

— Bien sûr que si. Tu es venu ici, tu savais que tu me rencontrerais.

— Pourquoi ? C'est chez toi ici ?

— Écoute, je me suis fait embobiner par cette femme, son ex, elle est folle. Elle m'a proposé de la thune. Beaucoup de thune. C'est très moche. J'étais furieux contre Chozène.

— Moi je m'en fous. Tu t'es grillé, c'est tout.

Husson avala d'un trait le tiers de la chope qu'on venait de lui apporter.

— Peut-être. Mais Elsa, tu ne pourrais pas au moins lui dire…

— Elsa et moi, on est ensemble.

Le journaliste ingurgita trois autres gorgées et se tourna vers Fanny.

— C'est mon frère, dit-elle. On regardait *Bob l'Éponge* quand on était petits.

Husson exécuta machinalement quelques-uns des gestes permettant de se réapproprier son propre visage, dans les moments de trouble, il se frotta les joues, pressa ses paupières et tira sur le lobe de son oreille droite.

— OK, conclut-il après avoir rassemblé mentalement les principaux éléments de la situation.

Il vida sa chope, fixa longuement le billard autour duquel quatre types semblaient en faction.

— Tu es qui, en fait ? demanda-t-il à Baptiste sans le regarder.

— Bonne question, répondit Fanny.

À cet instant, Baptiste s'absenta de la situation pour repenser au « Je ne sais pas », d'Elsa. Là, face à Husson, à l'évidence de son charme sans scorie, sans apprêt et, pire, sans calcul, alors qu'il passait son temps à tout calculer, le *je ne sais pas* lui parut destructeur comme un essaim de métastases. Quand on aime, on ne dit pas qu'on ne sait pas si on aime. Quoique ? Ou le contraire ? Ou *précisément* le contraire ? Mais l'insistance avec laquelle Husson existait n'exigeait-elle pas de reprendre tout en compte depuis le début ? Depuis, par exemple, la première fois où elle avait parlé de lui à Baptiste/Chozène, où elle avait *défini* son attirance. Avait-elle dit « je ne sais pas » ? Il fournit un gros effort d'anamnèse, tenta même d'imiter la voix d'Elsa dans sa tête, mais rien. Rien. Husson, lui, savait forcément. Il possédait une science de l'amour, de l'amour d'Elsa, que Baptiste ne pourrait jamais acquérir. Oui, voilà. La question essentielle était la suivante : avait-il été dupe quand Baptiste s'était prétendu l'amant d'Elsa ? Y avait-il cru ? Dans l'affirmative, le *je ne sais pas* avait ses chances d'évoluer vers un *ce n'est pas impossible.*

Mais comment revenir à ce stade de leur échange ? Il avait laissé échapper ce moment crucial, tout au plaisir d'asséner ce qui lui était apparu comme un coup mais qui était un appel à l'aide. À ce qu'Husson l'aide à vaincre ce *je ne sais pas.*

Il fallait une stratégie. Peut-être. Suggérer un arrangement ? Proposer de ravauder les choses avec Chozène ? Lui révéler que l'écrivain n'avait pas été affecté par l'article immonde (que, d'ailleurs, Baptiste n'avait toujours pas lu). Ou le contraire ? Le contraire était peut-être mieux. Prétendre que Chozène était furieux ou accablé, désespéré. Et se présenter lui, Baptiste, comme capable de réparer les dégâts. Créer une créance. Repriser la complicité qui s'était tissée entre eux lors de leur première rencontre puis, par petits pas habiles, arriver à transformer le rival en complice.

Fanny l'observait, comme si elle lisait dans ses pensées et se disait qu'elles étaient complètement absurdes.

Elle avait raison. Husson était un crotale.

— Je ne sais pas, répondit-il.

Husson remua la tête, accablé. Lui aussi semblait se retenir de dire ou de demander quelque chose. On n'était plus du tout dans l'ambiance de la télé au tournant du siècle et Fanny se mit à s'ennuyer vraiment.

— On bouge ? suggéra-t-elle.

Baptiste savoura l'irrévérence.

— On bouge.

Ils s'extirpèrent du box, s'éloignèrent sans dire au revoir.

En tirant sur sa cigarette, dans le soir bruissant, Fanny lui demanda s'il était vraiment avec Elsa.

— Écoute Fanny, tu ne la connais pas.

— Ce n'était pas ma question, si ?

— Je n'étais pas crédible, c'est ça ?

— Oui.

— J'ai eu l'air idiot devant ce mec ?

— Idiot, non. Pas crédible. Mais il t'a cru.

— En fait, je pose pour elle.

Il lui expliqua l'essentiel. L'essentiel de ce qui était

explicable. Elle parut très heureuse pour lui. Il regretta une fois de plus d'être irrémédiablement moins empathique que Fanny. Elle faisait partie de ces être rares, capables de se réjouir du bonheur de leurs amis. S'il sortait vraiment avec Elsa, elle l'en aurait sincèrement félicité. Une fois le terrain de sa situation sentimentale un peu défriché, il se demanda s'il n'était pas envisageable, finalement, de lui soumettre le problème du *je ne sais pas.*

Ils marchèrent un moment, observèrent le métro aérien, elle le laissa patiemment dérouler une théorie de préludes puis lui demanda, pour lui faciliter la vie, quel était le problème avec Elsa. Elle eut l'élégance de prononcer ce prénom avec fluidité, de lui faire, dans ses phrases, une place confortable, sans épithètes ni guillemets.

— Le problème, avoua Baptiste, c'est qu'elle ne sait pas si elle est amoureuse de moi.

— Elle hésite avec le mec, là ?

— Peut-être.

Il n'avait pas envisagé les choses sous cet angle. Le verbe *hésiter* lui déplaisait.

Fanny ne réclama aucune donnée supplémentaire mais il essaya de contextualiser le *je ne sais pas,* revint sur le tableau.

— Ma mère était tombée raide dingue d'un acteur, dit Fanny.

Baptiste acquiesça, pressentant une avancée, heureux de s'en remettre à l'expertise de Fanny, enrichie de l'expérience de cette mère, bien que leurs deux cas lui parussent différer radicalement.

— Un type qui jouait un inspecteur de police dans un feuilleton.

— Ah oui, on disait feuilleton ! s'enthousiasma Baptiste.

Ils faillirent échanger leurs vues sur la différence entre feuilletons et séries mais résistèrent, revinrent au sujet.

— Un jour, elle l'a rencontré, en vrai, dans un train. Au bar d'un train. Un TGV.

— Elle lui a parlé ?

— Non. Elle s'est aperçue que ce n'était pas l'acteur qui la faisait fantasmer. C'était l'inspecteur de police.

Baptiste grimaça, entrevoyant la suite.

— Je pense qu'Elsa fantasme sur le tableau de toi mais qu'elle préférerait coucher avec le mec.

— Husson, précisa Baptiste au cas où ce nom offrirait la moindre chance de modifier en sa faveur la conclusion de Fanny.

Peine perdue.

— Oui, Husson, peut-être.

Il digéra cette analyse. Au point où il en était, risqua la question essentielle.

— Et, selon toi, qu'est-ce que je pourrais faire ?

Elle l'observa très attentivement. Dans la nuit tombée, leurs visages s'illuminaient de couleurs crues au passage des voitures ou à l'approche des vitrines.

— Ce qui est séduisant, chez le mec, c'est qu'il a l'air de manigancer des choses.

Il fut stupéfait. Non pas qu'Husson eût l'air de manigancer des choses mais que cela pût être séduisant.

— Ah bon ? ça te séduit, toi ?

— Assez.

Il fronça les sourcils.

— Mais il ne faut pas confondre désir et excitation, rappela-t-il.

Il réfléchit encore, hésita puis annonça :

— Moi aussi, je manigance des choses.

Elle ne releva pas.

L'exposition fut un triomphe.

Triomphe d'autant plus stupéfiant pour Baptiste qu'il n'avait pas vraiment intégré le fait qu'il y aurait une exposition, qu'elle aurait vraiment lieu, encore moins qu'il en serait, d'une certaine façon, la pièce maîtresse.

Les séances de pose étaient devenues le moment cardinal de sa vie, elles en absorbaient les heures, les engloutissaient tout en les magnifiant, leur conférant une intensité qu'il n'avait jusqu'alors connue dans aucune autre occasion, pas même au cours de sa brève période d'addiction aux antalgiques, après l'extraction simultanée de ses quatre dents de sagesse.

Sa vie, se disait-il, ce serait ça, désormais. Poser. Ne rien faire, ne rien dire, s'épuiser à ne pas bouger, à suggérer, sans avoir le droit de modifier l'expression de son visage, qu'il manigançait des choses.

Son art touchait à la quintessence. Il imitait Husson en silence.

Il avait bien noté que l'événement se préparait, que les toiles avaient progressivement disparu du salon d'Elsa pour être transportées dans la galerie de Mona. Mais cette galerie n'avait pour lui qu'une existence théorique. Il ignorait où elle se trouvait, ne voulait pas le savoir. À titre propitiatoire, il ne demandait jamais à voir le tableau, tenait opiniâtrement à ignorer qu'il était presque terminé. Il voulait poser nu toute sa vie.

Un jour, pourtant, il apprit que l'exposition aurait lieu le 19.

Ces deux chiffres se détachèrent alors de tous les autres chiffres, se chargèrent de significations confuses, reluisirent en lui comme d'anciens numéros de téléphone d'amoureuses, sans pour autant démêler le fil des jours. Il resta perdu dans l'espace-temps, flottant dans la capsule stellaire qu'était devenu le sofa d'Elsa, où s'érodait sa peau.

Il y eut ce moment où Chozène lui demanda de bien vouloir appeler les gens pour les inviter au vernissage. Le 19, à 19 heures. C'était facile.

— Les gens ? Quels gens ?

L'écrivain cligna des paupières.

— Eh bien, mais… tous.

— Vous êtes certain de ne pas vouloir le faire vous-même ?

— Non, je vous en prie, Baptiste, soyez gentil. J'ai encore beaucoup de travail sur mon livre, même si j'avance beaucoup. Quelque chose s'est… débloqué. Cette absurde pudeur. Je compose un tombeau pour mon père.

Baptiste n'obéit pas tout à fait. Car, entre deux séances chez Mona, il s'était occupé des retombées téléphoniques de l'article d'Husson. Elles avaient été nombreuses, pénibles. La plupart des figures de la bible avaient appelé pour dire leur indignation, témoigner leur compassion. Mais Baptiste avait vite discerné les vrais amis des faux, soupçonnant, à certaines inflexions appuyées, une once de rouerie dans la miséricorde. Le traducteur, par exemple, sous couvert d'en vilipender l'ignominie, s'était plu à citer les passages les plus infâmants du libelle avec une complaisance gourmande. Baptiste avait assorti son nom d'un monogramme constitué d'un F et d'un C entrelacés. Faux-Cul.

Furent ainsi notés d'infamie, entre autres, le chasseur de lapins, l'attachée de presse et le jeune écrivain prometteur. Baptiste ne les invita pas au vernissage. Il n'oublia pas d'omettre Gus et Nathalie mais prit plaisir à s'attarder au téléphone avec Arsène Forgeard, qui lui promit de rameuter quelques personnalités du cinéma. Le réseau Chozène fut largement activé.

Il y eut cet autre jour lugubre où le tableau, achevé, partit à peine sec pour la galerie de Mona.

Il y eut d'autres dédales d'heures vides, sans Elsa, très investie dans l'accrochage et dans l'organisation. « C'est un peu comme un baby blues », philosopha Fanny en reprenant ses mesures (il avait encore grossi : « Vois ça comme une espèce de couvade ») pour lui coudre une tenue de gala nonchalamment branchée. Il lui demanda comme un service de bien vouloir l'accompagner, le 19 à 19 heures. Elle ne se fit pas prier.

Une foule mondaine, bruyante et enthousiaste se pressa donc au vernissage. La galerie, sise quai de Bourbon, non loin de la rue Le Regrattier, était plus vaste et plus claire que Baptiste ne se l'était imaginé. Quatre grandes salles blanches en enfilade, au design discret, invitaient le visiteur à une déambulation contemplative sur un parquet taupe assourdissant la lumière des suspensions vintage. Des panneaux obliques déstructuraient la géométrie, multipliant les impasses facétieuses et les chemins de traverse ponctués de guéridons et de consoles croulant sous les petits fours. Des serveurs mal rasés louvoyaient entre les groupes.

Les cadres des toiles d'Elsa rappelaient les moulages kitchs utilisés pour les miroirs dans les magasins de déco de zones commerciales. Baptiste se demanda si c'était volontaire. Suspendues à hauteur de regard, elles menaient, d'un méandre à l'autre, à la salle principale où trônait le nu de Baptiste. On n'y accédait qu'après avoir traversé le regard grave des hommes peints. Dans ce décor, la facture impétueuse et précise des tableaux était plus enthousiasmante encore que sur les murs d'Elsa. On arrivait déjà très admiratif devant la grande œuvre où grossissait à chaque minute un demi-cercle de silence ébahi.

Baptiste discerna son anatomie par-delà les crânes des visiteurs, dans les trouées entre les nuques. Il sentit à son bras se raidir celui de Fanny. La toile paraissait plus grande que dans son souvenir, infiniment plus officielle. Impossible d'imaginer qu'elle avait été peinte dans le salon minuscule d'un appartement d'aujourd'hui. Le faste du décor représenté invitait à se figurer un immense atelier d'artiste à l'ancienne, un vieux maître maigre, des élèves, toute une solennité Restauration. Outre le trouble suscité par son sujet même, le tableau créait un sentiment puissant d'étrangeté dû, peut-être, à la fraîcheur de la peinture, à la transparence étincelante des vernis, à l'absence de patine. C'était un fragment de passé tout neuf, une fenêtre temporelle, une suspension momentanée de l'irréversible.

Dans le calme intense dispensé par l'image, Baptiste percevait le pétillement des coupes. Elsa se tenait dans un angle de la salle, au bras de son père. Le même sourire enfantin fendait leurs deux visages. Ils aperçurent Baptiste en même temps, levèrent deux bras symétriques pour lui faire signe et l'assistance se retourna.

Après quelques secondes confuses au cours desquelles il

perça la petite foule, entraînant Fanny, quelqu'un – une fcmmc – poussa un cri.

— C'est lui !

Il ressentit physiquement la concentration des regards sur son visage, la dilatation de ses capillaires, l'érubescence, l'épaississement de l'air soudain réticent. La traversée de l'espace jusqu'à Elsa s'englua dans la durée marécageuse des rêves.

— Je vous présente Baptiste, lança Elsa, d'une voix puissante qui le fit sursauter. Mon modèle !

Ses pommettes luisaient, elle avait dû déjà boire pas mal.

Il ferma les yeux, ébloui par une rafale de flashs.

Ensuite, les événements, cessant de se succéder, s'offrirent à lui sous forme de fragments enchevêtrés. Tandis qu'il présentait Fanny à Elsa qui ne l'écoutait pas, en insistant trop (il en avait conscience mais n'y pouvait rien) sur le fait qu'elle était – n'était qu' – *une amie,* une femme (celle qui avait crié ?) envahissait son champ visuel, y fourrant son énorme visage stupéfait, brandissant son portable. Quelqu'un – vite imité par dix autres, vingt autres – fit un selfie avec Baptiste. On le bouscula pour qu'il s'approche du tableau, nouvelles photos. Chozène, un moment, tenta de venir à son secours mais fut emporté dans un flux. Elsa parlait en riant, frottant sa chevelure ou ses avant-bras, hochant la tête, les nouveaux venus se pressèrent dans la salle, s'entassèrent.

Étincelèrent encore quelques rares éclats du silence brisé, puis la rumeur envahit tout.

Diffractées par un léger écho, les voix qui se répondaient alentour éveillaient en lui des souvenirs de conversations. Il avait parlé avec la plupart de ces gens. Mais le contexte changeait tout. Plus rien ne subsistait de l'intimité où s'étaient épanouis leurs dialogues. C'était d'autant plus saugrenu que les physiques des individus s'accordaient beaucoup moins bien à leurs voix que les images secrètes qu'elles avaient suscitées dans l'esprit synesthésique de Baptiste. Ainsi, tel baryton dont le timbre lui avait évoqué une forêt sous l'orage se révélait un homoncule adipeux, continûment froissé par une colère sans objet ni origine. Deux autres voix étaient en couple et paraissaient mortellement accablées l'une par l'autre. Il s'avéra aussi qu'une très belle voix appartenait à une très belle femme, arborant cependant de longs pieds cools dans d'étonnantes claquettes.

— Un travail de faussaire. Admirable.

— Un faux assumé. L'essence de la mimésis.

Un visage surgit devant Baptiste, qui se demanda où il l'avait déjà vu. Sans doute une célébrité peu connue. Tant qu'il fronça les sourcils en cherchant à identifier l'homme, celui-ci ne dit rien, espérant sans doute qu'il n'aurait pas à se présenter.

— Florent Detroit, de *l'Obs,* renonça-t-il finalement. Je me demandais si vous m'accorderiez deux minutes.

Ils se trouvaient dans un petit périmètre formant une île déserte au milieu du flot humain.

— Volontiers, dit Baptiste.

L'homme sortit un dictaphone de sa poche intérieure et l'approcha des lèvres de Baptiste, à la façon d'un dentiste brutal.

— Pour l'instant, Elsa Chozène est inaccessible, attaqua le journaliste. Mais c'est presque mieux comme ça.

— Ah oui ?

— Je veux dire, de commencer par le modèle.

Il afficha une expression de complicité roublarde, comme si sa réponse contenait une référence, une citation, peut-être, qui échappa à Baptiste.

— En gros, poursuivit-il, quel serait le concept ?

Il propulsa ses sourcils en direction du tableau, avec beaucoup d'expressivité. Il avait apparemment l'habitude d'un tel jeu de physionomie, pourtant spectaculaire. Peut-être, supposa Baptiste, parce qu'il se trouvait souvent dans des situations où il lui était impossible de désigner les choses avec les mains. Un exemple étonnant d'adaptation au milieu. Peut-être cette capacité inédite avait-elle été enregistrée par sa mémoire génétique, qui la transmettrait à ses descendants.

— Vous ne comprenez pas la question ? s'impatienta Detroit.

— Si, mais vous feriez mieux de la poser à Elsa.

— Un mot, peut-être, sur les raisons de son choix ?

— Son choix ?

— Oui, pourquoi vous ?

— Je pense que c'est à cause de mes fesses, réfléchit Baptiste. Elles lui plaisaient. Plastiquement, je veux dire.

Il réfléchit encore.

— Et de mes seins, à ce que j'ai cru comprendre.

Le type hocha la tête, apparemment satisfait.

— Vous verriez un inconvénient à ce que je vous prenne en photo ?

Baptiste ne s'y opposa pas. Il accepta aussi que l'on publie son nom. Le journaliste rangea son dictaphone, fit apparaître un gros appareil photo, bombarda Baptiste et s'éloigna en direction d'Elsa.

Le jeu des tourbillons ramena tout à coup Fanny et il en fut profondément heureux, retrouvant même fugacement la joie des Noëls d'antan, avant la mort de son grand-père. Elle lui tendit une coupe et une poignée de cacahuètes humides de sueur. Il s'en reput goulûment.

— C'est complètement fou, ton histoire ! s'enthousiasma-t-elle.

Elle arborait un sourire qu'il ne lui connaissait pas, élargi par une ébriété déjà conséquente. Chacune de ses dents s'ornait d'un reflet alléchant.

— Il y a le mec de l'autre jour ! annonça-t-elle.

Baptiste se tordit le cou et finit par apercevoir Husson, au loin, tout près d'Elsa.

— Qui l'a invité ? s'indigna Baptiste.

Fanny haussa les épaules sans cesser de sourire.

— On y est ! aboya un vaste barbu.

À sa voix, Baptiste reconnut le traducteur coréen, qu'il avait imaginé glabre, frêle et asiatique alors que le tonitruant personnage présentait une morphologie abruptement slave.

— On est où ? s'enquit Fanny.

Le barbu chercha des yeux d'où venait la question, identifia Fanny, accommoda, sourit.

— À la limite ! précisa-t-il. Au tournant.

Comme elle ne paraissait pas comprendre, il se pencha vers elle – il la dominait d'une tête et demie – s'apprêtant apparemment à lui murmurer un secret mais, entraîné par le vacarme ambiant, vociféra dans son oreille :

— Le genre !

Il proféra encore quelques analyses chaotiques et peu audibles, parla de déconstruction et de Deleuze avant de s'éloigner en cabotant le long du mur vers le buffet. Baptiste, bousculé par un ressac insistant, s'obstinait à scruter, dans les lointains, les têtes d'Elsa et d'Husson.

— Vous êtes content ? s'enquit Chozène qui venait de se matérialiser.

— Husson est là ! l'alerta Baptiste.

Comme celle de Fanny quelques minutes plus tôt, l'apparition de l'auteur lui procura une émotion démesurée, suscita un élan effusif de petit garçon soulagé de retrouver ses parents après des heures d'errance dans une forêt glaciale.

— Oui, confirma Chozène.
— Mais… il faut le virer !
Chozène éclata d'un petit rire sec comme une toux.
— Voyons, Baptiste !
— Enfin, vous avez lu son article !
Apercevant Fanny, l'écrivain lui adressa un petit salut auquel elle répondit comme à un vieil oncle.
— Le tableau est extraordinaire ! rappela Chozène. Il y a beaucoup de journalistes importants. Ça y est, Baptiste. Elle est lancée !
Puis une expression de terreur contrariée s'imprima sur ses traits. Baptiste regarda dans la même direction que lui et reconnut Nathalie.
— Je m'éclipse ! À tout à l'heure.
— Tu veux qu'on s'en aille ? proposa Fanny.
Trop épuisé pour répondre, il se contenta de hocher la tête. Elle lui prit la main et le guida vers la sortie.

Elsa et Baptiste basculèrent ensemble, sans la moindre préparation, dans la notoriété.

C'est Chozène qui avait parlé, à ce propos, de basculement et, plus il y pensait, plus Baptiste appréciait la justesse du terme. Ils basculèrent au sens où ils perdirent l'équilibre, où ils n'y purent rien, où il fut tout de suite trop tard.

Baptiste avait souvent envisagé cette question de la célébrité. À certains égards, il lui fallait même reconnaître qu'il l'avait désirée. Mais il n'avait jamais fait l'effort de se la représenter, de s'en figurer les implications. Né à la fin du XXe siècle, il avait intégré l'idée qu'elle constituait un état sans contour net ni causes précises. Il y avait eu une époque, déjà terriblement lointaine, son enfance ou celle de ses parents, au cours de laquelle elle était perçue comme la récompense publique d'un mérite, d'un talent. Il y avait eu des scientifiques célèbres, des écrivains célèbres puis des acteurs, des chanteurs, des mannequins célèbres.

Ensuite, progressivement, étaient apparues les célébrités.

En inversant les causalités, la renommée s'était quintessenciée. On n'était plus célèbre parce qu'on avait tourné dans un film. On devenait acteur parce qu'on était célèbre.

— Oui, peut-être, bâillait Fanny. En fait, tu es vraiment réac, finalement. Profite un peu au lieu de ronchonner !

— Je reçois des coups de fil de journalistes !

— Ben oui, et alors ?

— Qui leur a donné mon numéro ?

— Les journalistes obtiennent toujours les numéros. Tu ne finis pas ta bière ?

La reproduction du tableau d'Elsa avait très vite été publiée dans des revues importantes. Les magazines artistiques et culturels s'y intéressèrent les premiers, puis ce furent les hebdomadaires d'actualité. Un sujet lui fut consacré un soir sur une chaîne du câble, repris le lendemain par France 3 puis TF1. Entretemps, nombre de blogs s'emparèrent de l'image, et quand l'algorithme de Facebook la censura par erreur, provoquant un flux de protestations, elle devint un mème dans les réseaux sociaux. Un sociologue y vit l'expression enfin apaisée d'une nouvelle sensibilité transgenre. Baptiste reçut un appel de sa mère, surprise d'être tombée sur les fesses de son fils en ouvrant *Télérama.*

— Pourquoi tu ne dis pas que tu es imitateur ? s'étonnait Fanny. Ça te ferait une pub d'enfer !

— Non. Ce serait… de la triche. Là, je suis sous le feu des projecteurs pour de mauvaises raisons. Ça ne durera pas. Et puis je ne veux pas parasiter Elsa. C'est son travail qui compte.

— Tu es réac ET coincé.

— Et… Fanny, j'apprécierais que tu n'en parles à personne, en fait.

Dans les premières semaines de l'exposition, Elsa multiplia les interviews. Étrangement, l'article d'Husson orchestrant les déclarations fielleuses de Nathalie ne lui nuisit pas, au contraire. Il catalysa la chimie du succès. Le nom de Chozène, délicieusement parfumé au scandale, sans qu'on se rappelât précisément de quoi il retournait, évoquait vaguement quelque chose, créait les conditions du triomphe tautologique consistant à devenir célèbre parce qu'on est devenu célèbre.

Et, pour boucler la boucle, Husson publia un vaste entretien avec Elsa, enrichi d'analyses de son cru sur le caractère éminemment pop de cette peinture qu'il qualifia de néo-moderne. Le portrait de Baptiste en odalisque, pour éblouissant qu'il fût, ne lui apparaissait pas nécessairement comme le *chef-d'œuvre* d'Elsa, dont le travail niait la notion même de chef-d'œuvre. En revanche, les figures masculines (il avait adjoint un point d'interrogation entre parenthèses à l'adjectif masculines) l'intéressaient beaucoup. Notamment parce que leurs modèles, un à un, réapparaissaient, se manifestaient, donnaient des interviews. Certains avaient changé, vieilli et – fait tout à fait remarquable, dans le contexte – l'un d'eux était en passe de changer de sexe. Revenant sur l'odalisque, il en interrogeait l'étymologie rappelant, d'une part, que le terme désignait en turc une femme esclave des femmes d'un harem – c'est-à-dire une esclave au service d'autres esclaves – et, d'autre part, qu'il pouvait être regardé comme un substantif épicène. Il proposait d'intituler le tableau *L'Odalisque couché,* notant le trouble qu'induisait le masculin, le rôle que jouait le contexte orientalisant, dans une époque néo-colonialiste, bref, voyait dans la toile une banderole volontairement clinquante, une merveilleuse synthèse des problématiques contemporaines. L'engouement des internautes, pierre angulaire de sa résonance sociologique pouvait être regardé comme une composante du geste artistique d'Elsa.

« Je suis odalisque », concluait-il malicieusement.

L'article fut partagé des milliers de fois.

Baptiste s'occupait toujours du téléphone de Chozène, qui passait son temps à écrire, dans les moments où il ne voyait pas Mona. Le livre avançait à grands pas. Les amis appelaient pour se réjouir du succès d'Elsa, il leur répondait avec courtoisie, mais refusait de transmettre le numéro de la jeune femme à ceux qui le lui réclamaient. Nathalie tenta plusieurs fois de s'excuser, il lui raccrocha au nez.

Il est probable que cette période fit courir un authentique péril à l'intégrité de sa psyché, menacée par des errements schizoïdes. Quand son propre appareil sonnait, il redevenait lui-même sans transition, rabrouait le solliciteur, refusait les articles, les questions, coupait court. Mais le mystère dont le nimbait ce silence accroissait mécaniquement son audience numérique. Les premiers détournements du tableau apparurent. On lui greffa des phylactères plus ou moins inspirés. Une bulle sortant de sa bouche boudeuse proclamait : « Foutez-moi la paix ! », « Pas de pub S.V.P. ». Husson, sur Twitter, déclara que le mutisme était le meilleur des plans com.

Mais c'était surtout l'absence d'Elsa qui le torturait. Après ces heures passées nu dans son alcôve, il éprouvait les douleurs du manque. Elle ne refusait pas vraiment de le voir, lui répondait toujours gentiment mais voilà, elle était débordée, sous l'eau, désolée.

Il aurait pu, à la rigueur, acquitter sans barguigner la rançon de sa gloire s'il ne l'avait pas aperçue plusieurs fois en tête à tête avec Husson au Lucky.

—Je crois que c'est mort, confirmait Fanny.

—Qu'est-ce qui est mort, exactement ?

—Vous deux. Elle couche avec le mec.

—C'est impossible.

On publia une grande photo intitulée « Sous les yeux d'Elsa », regroupant les modèles qui avaient posé pour elle. Au premier rang, le cliché montrait deux fauteuils vides : celui de Jakub, le Polonais défunt, et celui de Baptiste.

Après deux jours passés à grignoter du Toblerone dans le noir, il finit par sonner chez elle.

Elle était là, seule, comme avant, souriante, disponible. Il lui tomba dans les bras et se mit à pleurer. Enhardi par ses larmes, il décida qu'il ne partirait pas sans lui avoir avoué son amour.

Mais le téléphone de Chozène, dans sa poche intérieure, la bible, dans son sac – pourquoi transportait-il toujours cette bible qu'il connaissait presque par cœur ? – agirent comme des totems, verrouillèrent son surmoi, il s'embourba dans des phrases dont il vit bien qu'elle faisait mine de ne pas saisir la portée. Finalement, il accepta des sushis et s'en tint à une conversation inoffensive au cours de laquelle Elsa lui détailla les mille et une répercussions de son expo, les rencontres de personnalités inattendues (le chanteur Philippe Katerine, la blogueuse mode Sananas, plusieurs députés de la majorité, entre autres), les offres d'achats (oui, elle n'y avait jamais vraiment pensé mais il avait fallu fixer des prix, et ils montaient vite !), des propositions de galeries berlinoise, suédoise, et même chinoise (à finaliser, mais…).

— C'est grâce à toi, affirma-t-elle à plusieurs reprises.

S'ensuivait toujours un silence prometteur qui s'émiettait en kyrielles d'anecdotes. Il rentra chez lui et répondit jusque tard aux messages pour Chozène.

Par quels détours sa vie s'était-elle mise au service de celles de l'écrivain et de sa fille ? Plusieurs fois il se réveilla en sursaut, hanté par la voix du père de Chozène, dont sa mémoire avait conservé les échos avec une précision térébrante. Il entendait à nouveau sa respiration chargée, lors du dernier coup de fil, et ne retrouvait le sommeil qu'après s'être apaisé en imitant Brassens chantant « Heureux qui comme Ulysse ».

Pour essayer de faire la paix avec lui-même, il travailla

de nouvelles voix, chanteurs des années quatre-vingt, présentateurs contemporains, Simone Veil, Kim Jong-un (il l'imita à la perfection devant Fanny) et le pape François. Mais ses réussites indéniables finissaient toujours par le renvoyer à sa solitude et à son néant.

— N'importe quoi, s'irritait Fanny. Ton néant !

— Mon néant, oui.

— Pourquoi tu ne reprends pas le show, Bape ?

Il y songeait, bien sûr. Mais, pour une raison qu'il ne s'expliquait pas complètement, il ne pouvait se résoudre à le faire tant qu'il travaillait pour Chozène. Comme si celui-ci était provisoirement propriétaire de sa voix. Les enveloppes de billets lui étaient versées avec une prodigalité qui le mettait mal à l'aise. Elsa aussi avait tenu à lui reverser une partie du produit de la vente de ses premières toiles. Il pouvait maintenant envisager de louer un appartement plus grand. Il en visita quelques-uns, Fanny l'accompagna.

Cette période incertaine, qu'il traversa à tâtons, dura plusieurs semaines qui lui parurent douloureuses. Pourtant, au regard des catastrophes qui la suivirent, il la considéra rétrospectivement comme le temps béni du bonheur.

Il s'interrogea des milliers de fois, s'efforça vainement de retrouver les chemins qui l'avaient conduit à cette funeste initiative. Il n'avait pas de plan, non, aucune stratégie claire, juste un essor de la volonté – peut-être au contraire, un soubresaut de son néant, la concaténation inopinée de micro-pensées sans suite. Il se remémorait trop les discussions avec Chozène, aussi, qui constituaient peu à peu une geste, une mythologie, dont il redoutait qu'elle devînt l'emblématique épopée de l'échec. Une phrase lui était revenue : « N'hésitez pas à vous prévaloir de mon soutien. » Auprès d'Elsa, bien sûr. Il n'avait pas suffisamment exploité ce pouvoir, l'autorité paternelle, ce rapport ambigu qui liait Chozène à sa fille.

En désespoir de cause, il fallait qu'il la sépare définitivement d'Husson, la fasse revenir à lui.

Fort de cette seule feuille de route, enivré par la solitude, par la vacuité poisseuse d'un début d'après-midi, il appela donc Elsa en se faisant passer pour son père, dans le but de faire avancer ses propres affaires.

Il aurait dû être plus attentif, plus prudent. S'il avait raccroché dès la première seconde, tout aurait peut-être pu s'arranger, se raccommoder. On aurait trouvé des biais.

Il y eut d'abord les quelques secondes de silence qu'elle opposa à son « allô » trop primesautier.

Plus tard, il se rappellerait qu'elle n'attaquait jamais par un silence une conversation avec Chozène. Au contraire, elle était toujours si heureuse d'être appelée par lui qu'elle parlait avant que la communication soit établie. Leur dialogue commençait par des demi-mots.

— Allô, Elsa, répéta-t-il. Tu m'entends ? C'est moi.

Nouveau silence, puis :

— Papa ?

Un papa interrogatif, tremblotant, craintif et, pour tout dire, quasiment médusé. C'était le moment de comprendre, Baptiste, le moment de se taire. Mais il poursuivit :

— Oui, j'appelais, pour... sans raison particulière. Pour causer, simplement. Savoir comment tu vas, où tu en es.

Le texte était mauvais mais il s'en remettait à la perfection de l'imitation. Attentif à sa propre voix, il ne remarqua pas tout de suite qu'elle lui revenait en léger décalé, dans le combiné. Une sorte d'écho qu'il imputa à la médiocre qualité de la communication.

Puis, tandis qu'il continuait à aligner des platitudes dans le silence de plus en plus profond d'Elsa, il se souvint d'avoir déjà eu affaire à ce phénomène d'écho. Il pouvait être dû au fait que le correspondant vous avait mis sur haut-parleur. À ce stade, bien sûr, il n'avait toujours pas saisi ce qui se passait.

— Tu m'as mis sur haut-parleur, Elsa ?

Grondements dans l'appareil, frottements feutrés, orage de parasites et, enfin, moment de terreur pure, absolue.

La voix de Chozène.

— Baptiste, je crains que nous ne soyons découverts.

Encore un peu de temps pour laisser s'opérer les dernières inférences. Chozène était avec Elsa. En dépit de l'état de stupéfaction où il se trouvait, comparable au moment où le monde se reconstitue après l'éclat violent d'un flash, Baptiste se figura très bien l'enchaînement des événements, à l'autre bout du fil. Il paria que c'était elle qui était venue rendre visite à son père. Ils avaient parlé peinture, forcément. Elle s'était installée dans le fauteuil club qui sentait bon la vache. Quand son téléphone avait sonné, elle avait décroché par réflexe, sans intégrer l'information capitale fournie par son écran, que c'était son père qui appelait (ou, au contraire, pour dissiper le mystère de cet appel improbable). Puis elle avait entendu la voix.

Plus tard, il se dirait qu'il avait secrètement espéré ce moment, bien sûr, qu'il aurait pu savourer, comme souvent, les délices de l'inéluctable, de l'irrévocable. Le basculement, encore. Comme souvent, le hasard agissait à sa place. Tout aurait peut-être pu bien se passer.

— Vous devriez voir leur tête, Baptiste. Ils sont proprement sidérés.

— Leur tête ? La tête de qui ?

— Eh bien, Elsa et… Gabriel.

— Husson est là ?

Silence, nouveaux grondements subaquatiques évoquant la bande-son d'une exploration vasculaire, puis Elsa.

— Au revoir, Baptiste.

— Elle l'a très mal pris, je le crains, confirma Chozène en grimaçant.

Il replongea ses lèvres dans son verre. Les deux glaçons se percutèrent.

— Vous lui avez tout raconté ?

Chozène approuva la question, d'un hochement raide.

— Je n'ai pas pu faire autrement.

C'était sans doute vrai.

— Devant Husson ?

Cette fois, Chozène lui adressa un regard craintif d'écolier.

— Elsa a insisté pour qu'il reste.

— Ce qui signifie que toute l'histoire sera dans la presse demain. Husson ne pourra pas résister longtemps à l'appât du scoop.

— Il n'a pas l'intention de résister.

Chozène vida son verre d'un trait, les glaçons heurtèrent ses dents. Il se resservit.

— Elsa, ajouta-t-il, lui a demandé expressément de rendre cette affaire publique.

Un fourmillement glacial parcourut les extrémités de

Baptiste. Il n'était pas armé contre la rancune et l'idée de vengeance lui donnait envie de mourir. Il n'avait jamais pu terminer *Le Comte de Monte Cristo* parce qu'il s'identifiait à Danglars et à Fernand. Elsa le haïssait. C'était un fait, maintenant. Une réalité. Elle allait piétiner sa vie.

— Elle va changer d'avis, ce n'est pas possible. Elle vous aime !

— Elle est très fâchée contre moi. Et même si elle change d'avis, c'est déjà trop tard. Les rotatives tournent, j'en suis persuadé.

Baptiste dévisagea Chozène, qui ne paraissait pas trop détruit. Plus exactement, il paraissait s'en foutre. Il y avait des raisons à cela. Son livre et Mona. Dans cet ordre, ou non. Et lui, Baptiste ? Quel rôle avait-on l'intention de lui faire jouer ? Celui de bouc-émissaire ? Se débarrasserait-on de lui avec un chèque ? Il ne pouvait le croire.

— Relativisez, Baptiste. Tout ira bien.

— Mais, votre réputation ?

Chozène sourit, jeta une poignée d'air par-dessus son épaule.

— Vous connaissez mieux que moi le monde où nous vivons, et ce qu'il y advient des réputations. Cette histoire est croustillante, elle va faire rire. De toute façon, j'étais déjà considéré comme un ours, et cela me convient.

— Vos amis vont vous détester.

— Ils s'en remettront.

Timidement, Baptiste passa en revue quelques personnages de la bible chozénienne. Les seconds rôles, en effet, n'avaient pas beaucoup d'importance. Mais Nathalie ? L'éditeur ? et Elsa, surtout ?

— Elle sera sensible au sel de la situation quand le tintamarre se sera tu, assura Chozène qui lisait dans ses pensées. Et puis, il y a sa peinture, on la demande partout.

— Vous avez délégué un inconnu pour recueillir les secrets de votre fille. Vous l'avez trahie.

Il acquiesça.

— Il n'est pas exclu que cette trahison lui fasse comprendre certaines choses bien plus vite que ses psychanalystes.

D'accord. C'était bon, alors. Tout allait bien. Baptiste se leva.

— Tenez, M. Chozène. Je vous rends votre téléphone.

— Vous ne voulez toujours pas m'appeler Pierre ?

À regret, Chozène saisit l'appareil et le manipula maladroitement pour l'éteindre. Puis il le posa comme une relique sur le plateau de la table basse.

— D'après une étude, le seul fait d'avoir un téléphone portatif, même éteint, à portée de main vous fait perdre 30 % de votre concentration, déplora-t-il.

— J'espère quand même que vous réussirez à finir votre livre.

Baptiste se leva pour prendre congé. Chozène l'imita et lui serra le bras.

— Attendez, Baptiste, ne partez pas si vite. Tout ça ne... ne change rien. Entre nous, je veux dire.

— Rien ?

L'écrivain se campa devant lui, hésita, leva les mains et les posa sur les épaules du jeune homme, en un geste qui lui rappela celui de Fanny quand elle prenait ses mesures.

— Je voudrais encore une fois vous dire ma reconnaissance. Ma gratitude. Vous m'avez, je ne sais pas, vous m'avez sorti de l'ornière.

Il accentua sa pression sur les épaules de Baptiste.

— Mon livre, mon père, Mona. Et je suis certain que toutes les initiatives que vous avez prises, au téléphone, étaient excellentes. Bien meilleures que tout ce que j'aurais pu dire, à votre place.

Cette gentillesse acharnée torturait Baptiste qui croyait

entendre la voix du vieux père flotter dans le vague de l'air comme l'œil d'Abel.

—Je vais continuer à vous rétribuer jusqu'à ce que vous retrouviez une situation. J'y tiens. Je suis certain que l'article d'Husson fera une excellente publicité à mon livre. Et puis, je veux que nous continuions à nous voir. Si vous n'êtes pas trop fâché contre moi, j'aimerais que nous soyons amis, simplement, vous comprenez ?

Baptiste esquissa un rictus.

—Je pourrai vous appeler de temps en temps, risqua-t-il.

Mais Chozène ne sourit pas. Ils se séparèrent sur le palier.

Rentré chez lui, Baptiste s'installa devant son écran et guetta les nouvelles, s'adonnant au plaisir exaspérant de la compulsion scopique, arpentant les hashtags et déroulant le fil des commentaires, à propos de *L'Odalisque couché,* d'abord, qui générait toujours une masse de connexions, puis de Chozène, dont le nom commençait à faire frémir les réseaux. Sur son compte Twitter, Husson promit des révélations. Son article parut le soir-même. Il dévoilait absolument tout. Les circonstances du recrutement de Baptiste –et donc, inévitablement, son statut (fallait-il dire métier ? le journaliste hésitait) d'imitateur– les modalités du contrat, l'existence de la bible, le nom de plusieurs personnalités *victimes* du stratagème et même, plus étonnant, le sujet du futur livre de Chozène.

Dans un premier temps, Baptiste fut presque soulagé par la transparence de ce texte. L'effet de vérité, tout en soulignant l'énormité des faits, semblait désamorcer les soupçons et tarir à la source les extrapolations complotistes.

Il n'y avait, strictement, rien à ajouter. À la limite, qu'un auteur ait poussé aussi loin le désir d'isolement, qu'il ait eu recours à un procédé finalement si romanesque redorait le blason de la littérature. Cette histoire pouvait s'interpréter comme une allégorie, une fable édifiante opposant le monde muet du livre au bourdonnement des temps modernes.

C'était compter sans l'inlassable puissance pérorante du rhizome numérique, l'imagination des commentateurs et l'énergie des trolls. Dès les premières minutes, le message fut brouillé par l'hypothèse que les livres de Chozène étaient écrits par des prête-noms. Il ne pouvait en être autrement. L'écrivain était par nature, par vocation, un faussaire. Quelqu'un publia un article très argumenté soulignant des disparités stylistiques troublantes dans l'œuvre de Chozène. Plusieurs défenseurs du romancier se lancèrent dans la mêlée, tandis qu'on l'attaquait sur d'autres fronts, la question morale, notamment. Quand on eut bien compris que Baptiste était *aussi* le jeune homme énigmatique qui avait posé pour Elsa, le nombre de posts explosa. Il ne pouvait s'agir d'une coïncidence. Dès lors, on se mit à évoquer le clan Chozène et plus rien n'arrêta les rumeurs.

Vers vingt heures, les premières versions retouchées du tableau fleurirent. On y avait ajouté un téléphone à Baptiste. C'était assez réussi. Le contenu des bulles variait (« Allô, ma chérie, c'est papa », « Bonsoir, cher ami », « Alors, mon vieux, vous avez progressé dans l'écriture de mon livre ? », « Longtemps, je me suis couché de bonne heure ») suscitant des bouquets d'émoticônes hilares.

Une heure plus tard, on sonna. C'était Fanny.

— Entre, se résigna-t-il.

Elle se laissa tomber sur la banquette.

— Tu buzzes ! constata-t-elle sobrement.

Il sourit. Le soutien de Fanny serait donc toujours total. Elle avait déjà digéré l'histoire, trié le bon grain, décidé de venir. C'était une fille exceptionnelle.

— Je ne pouvais rien te dire, s'excusa-t-il mollement.

— Ben non, bien sûr. Tu avais un contrat.

— Je manigançais des choses.

Elle éclata de rire.

— C'est dingue, Bape, d'abord on voit ton cul partout et juste après... C'est dingue.

— Tu ne trouves pas ça, comment dire...

— Mais pas du tout ! Pas du tout ! Ils ont tous cru qu'ils parlaient à Chozène. Tu te rends compte ? Tu es le meilleur, Bape ! Une star !

Il médita cette analyse. Oui, au fond. Il fallait aussi prendre en compte sa prouesse vocale. Pas seulement vocale. Psychologique, humaine. Pour l'heure, les internautes n'avaient pas mesuré son exploit. Mais ça viendrait. On pouvait même les orienter dans cette direction. Fanny accepterait peut-être de canaliser le flux en se fendant de quelques remarques judicieusement placées.

— J'ai essayé de t'appeler, se rappela-t-elle.

— Mon téléphone était éteint.

Il le ralluma. Vingt-deux messages. Forcément. Une tristesse soudaine s'abattit sur lui.

— Tu viendrais faire un tour ?

À nouveau, il se glissa dans l'anonymat des foules, Fanny à son bras, et se sentit mieux. Elle voulut qu'il lui parle avec la voix de Chozène, mais il refusa. Elle n'insista pas. Pour tempérer sa déception, il lui raconta presque tout, par le menu. Elle paraissait passionnée. Il faillit lui révéler les dernières paroles du père de Chozène mais se retint. Personne ne devait savoir. Jamais.

— Et moi ? Tu saurais m'imiter ?

— Peut-être. Il faut que tu me parles, longtemps, et que je voie ta voix.

Il lui expliqua sa méthode et constata, ce faisant, que personne ne lui avait jamais accordé une attention aussi intense que Fanny. Même Chozène. Même sa mère.

Ils achetèrent deux cornets de frites, traversèrent la Seine et s'assirent sur un banc, dans le square Jean XXIII.

— Raconte-moi des choses, proposa-t-il, je vais fermer les yeux et laisser venir les images.

— Tu veux que je te raconte quoi ?

— Ta vie, par exemple.

— Ça ne gêne pas, que je mâche en même temps ?

— Au contraire.

Alors, elle lui parla d'elle, avec application et sérieux.

Elle menait depuis toujours une guérilla contre son corps. L'origine du conflit s'étant perdue depuis longtemps, elle ignorait qui avait commencé. Elle soupçonnait que ce fût lui. Il se taisait, mais n'en pensait pas moins, envoyait une migraine, expédiait un point, là, sensible, à la tempe ou au coude. On oublie ses coudes. Elle jamais. Le muscle se souvient, le ligament se souvient. Elle se rappelait ses épaules, ses chevilles, ses hanches, et même des organes inconnus d'elle, plus profonds, plus lointains, mais réparant leur exil par une capacité d'irradiation supérieure, par un art de la pulsation, de l'élancement sourd.

À proprement parler, elle ne souffrait guère. Elle n'avait même pas mal, non. Son corps se hasardait jusqu'aux frontières de la névralgie, aux abords de la courbature. Juste pour faire savoir qu'un pas de plus les ferait tous les deux basculer dans l'insupportable. Mais par chance, peut-être, ou par calcul, son corps semblait douillet.

Sa seule stratégie consistait dans le refus de se faire oublier. Ainsi commencent bon nombre de discordes. Je suis là, semblait-il dire à chaque instant. Prends garde à moi. Je suis ton corps, et je te suis partout, je te précède, te tiens les portes, t'essuie la bouche. Mais un rien, une contrariété plus forte que les autres, et je deviens tombeau, je deviens tas de bois tordu sur une chaise roulante, percée, je te bascule de ton trône, si je veux, et même je meurs, j'arrête.

Aussi bien, tout ceci n'allait pas sans volupté. Son corps et elle formaient un couple assez commun.

Elle dormait mal.

La nuit, tous les bruits de l'immeuble, ordinairement fondus dans le murmure ordinaire du jour, les claquements de tuyaux, les glouglous, les ronrons, les cliquetis, monotone mélodie ferroviaire, battement régulier du train où vont les choses, tout s'assemblait pour former un hymne à l'insomnie.

Ses yeux ne pouvaient plus se fermer. Ses paupières et ses yeux se haïssaient, s'écorchaient dès qu'ils se touchaient et portaient les marques rouges de leurs constantes échauffourées.

Ou bien, parfois, parce qu'il ne pouvait faire autrement, son corps s'endormait soudain. Lui offrait une compilation de ses pires cauchemars. Pas de trêve des rêves. Suant sur son sofa, elle voyait pour la millième fois la Dame Blanche pénétrer dans sa chambre, avec sa tête coupée sous le bras, pour la millième fois la compote aux cafards, et gravir l'ossuaire, embrasser les plaies du lépreux, les brûlures bourdonnantes.

Elle se levait, sortait de chez elle, et la nuit rafraîchissait presque le peu d'idées qu'il lui restait. Elle rêvait d'une étable accueillante. Elle voulait un philtre, un rouet, s'y piquer le doigt, en prendre pour cent ans de sommeil. Elle renonçait en échange, au baiser du prince. Elle renonçait au réveil.

Elle se considérait comme une de ces petites femmes d'âge normal, jolies, certes, mais qu'est-ce que ça veut dire, pas plus gentilles que ça, pas moins non plus, avec leurs souvenirs d'enfance, leur soif d'indépendance, leur résistance à l'injonction génésique, leur peur d'hypothéquer l'avenir en devenant mère, ou en ne le devenant pas, selon les jours.

Elle avait du goût pour les grands ensembles urbains, les mégapoles, les conurbations, les barres. Rien ne lui plaisait comme les péristyles en ciment qui cernent les centres commerciaux. Les fenêtres, elle les voulait en colonnes, en lignes, en cohortes.

Une fois, dans la nuit, elle s'était arrêtée sous une fenêtre.

Elle n'entrevoyait qu'un peu de vert pâle. Un bout de living room, avec l'angle doux d'un meuble, l'ombre d'un bibelot.

Bouleversée par cet éclat étincelant, par ce fragment de vie sous vitre, elle avait gravi l'escalier de l'immeuble.

— Et alors ?

— Et alors rien, je suis redescendue et rentrée chez moi.

— C'est bizarre, j'imaginais que tu étais la fille la plus cool du monde.

— Ben non.

— C'est fou, tu ne m'avais jamais autant parlé de toi.

— On n'a pas eu l'occasion. Et ma voix ? Qu'est-ce que tu as vu ?

— Une prune. Dans une petite assiette. Une mirabelle, je dirais.

— C'est bien, ça.

— C'est ni bien ni mal. C'est ta voix. Tu as une voix de mirabelle.

Ils finirent leurs frites et marchèrent encore. En silence. Concentré sur l'image du fruit, jolie nature morte à la Chardin même si l'assiette était indéniablement contemporaine, presque bas de gamme, il sursauta quand ils se retrouvèrent devant la galerie de Mona.

— Qu'est-ce qu'on fait ici ? balbutia-t-il.

— Je ne sais pas.

La grande vitrine illuminée projetait sur le trottoir un long losange de blancheur crue. Il voulut entrer mais la porte était verrouillée. Comme il allait faire demi-tour, Mona apparut et lui fit un petit signe avant de s'approcher pour leur ouvrir.

—Je vais te laisser, dit Fanny.

—Non mais reste, protesta-t-il.

—J'ai sommeil. On s'appelle.

Mona le fit entrer et referma la porte derrière lui. Tandis qu'elle lui offrait une bise compréhensive, il remarqua les petites pastilles rouges sur les tableaux, indiquant qu'ils étaient vendus.

—Comment te sens-tu ? s'inquiéta-t-elle.

Le sens de la question échappa d'abord à Baptiste parce qu'il ne croyait pas se souvenir qu'elle le tutoyait, avant.

—Je ne sais pas, répondit-il. Ça va trop vite.

—C'est toujours comme ça. Mais le monde va bientôt passer à autre chose.

Elle-même, d'ailleurs, comme pour illustrer cette vérité, se remit à vaquer à des occupations mal définissables, déplacement de papiers, consultation attentive de sa tablette, vérification de détails sur les toiles.

—Tu veux un thé ?

Il déclina, d'un mouvement de tête.

—La promo du livre de Pierre est déjà commencée, annonça-t-elle. Enfin, officieusement. Ce sera l'événement de la rentrée. Un livre sur son père, tu te rends compte !

Elle touilla, d'un doigt méfiant, une petite coupelle de punaises.

—Est-ce que je pourrais revoir le tableau ? osa Baptiste.

—Mais bien sûr, enfin ! C'est *ton* tableau. Tu es chez toi !

Il parcourut lentement les allées jusqu'à la grande salle et s'assit sur le banc installé devant l'Odalisque. Quand il leva les yeux sur la toile, il eut l'impression de la voir pour la première fois. Plus exactement, il ne vit pas la peinture mais l'alcôve, chez Elsa, qui lui apparut comme un paradis définitivement perdu. Il plongea dans ses souvenirs, retrouva la douceur des tissus sur sa peau nue, le bain de lumière, la chaleur du corps d'Elsa, tout proche, le frottement du fusain, le parfum des solvants.

Examinant plus attentivement son corps, il constata qu'Elsa n'avait pas eu recours aux artifices dont Ingres avait usé pour son odalisque. Le nombre de vertèbres paraissait normal, la position de la jambe tout à fait naturelle. C'était lui, en infiniment mieux.

À l'heure qu'il était, elle devait être avec Husson. Mais le tableau fixait pour toujours l'essence d'une intimité qu'il ne retrouverait sans doute jamais plus. Sur une impulsion, il se leva, retraversa la galerie, trouva Mona, des lunettes de vue sur le nez, scrutant une liasse.

—Je me demandais... Est-ce que vous... tu... est-ce qu'il serait envisageable que j'achète l'Odalisque ?

Elle leva la tête, ôta lentement ses lunettes, en replia les branches et parut s'absorber dans une réflexion ardue.

—Nous avons eu des offres... Disons qu'avec tout ce battage, les prix...

Elle lui adressa une petite grimace navrée.

—Mais, pour l'instant, le tableau n'est pas vendu ?

—Non, en effet, concéda-t-elle.

Ils se turent.

Rentré chez lui, il alluma son téléphone.

Aucun nouveau message.

— J'ai besoin de vous parler, Baptiste. Pourriez-vous m'indiquer votre adresse ?

La voix de Chozène était méconnaissable. Métallique.

— Il est arrivé quelque chose ?

— Pas par téléphone.

Baptiste, du fond de son lit, considéra l'appartement livré à l'entropie, les emballages, les cannettes, la poussière, la vaisselle, les vêtements sales. Il ne discuta pas, donna son adresse, se leva en trombe, prit une douche, se brossa les dents d'une main tout en pelletant de l'autre dans le vrac de sa vie.

Au moment où Chozène sonna, il entrouvrait le Velux. Des résidus voletèrent. L'écrivain demeura un instant sur le seuil, dans le demi-jour du palier.

— Entrez, souffla Baptiste d'une voix d'enfant geignard.

Chozène portait un sac en plastique, apparemment lourd, déformé par son contenu dont les angles saillaient. Des livres, se dit Baptiste. Une torpeur anxieuse l'engourdissait, ralentissait ses gestes.

— Un café ? proposa-t-il, douloureusement embarrassé de lui-même.

Il avait honte de vivre ici, il détestait cet instant.

— Je suis allé chez mon père, en Normandie pour, vous savez, ranger un peu.

Visiblement, le verbe ranger déplaisait à Chozène, ce n'était pas ce qu'il voulait dire, il s'était laissé influencer par le contexte, lui non plus n'aimait pas être là, la conversation s'amorçait avec peine, le temps passait mal. Incapable d'anticiper mais désireux d'aider l'écrivain, de lui faciliter la tâche, mais quelle tâche ? Baptiste fournit de pénibles efforts d'induction, s'imagina que Chozène voulait lui offrir des livres récupérés chez son père, quelque chose d'intime, d'un peu solennel, mais il ne se sentait pas disposé à éprouver de la gratitude et encore moins à en témoigner. Ce sac plastique lui déplaisait, il s'imposait, s'interposait entre eux, bloquait tout échange.

— Qu'est-ce que c'est ? demanda-t-il finalement.

Et puis, tant pis, rompu, vaincu par la pesanteur des choses, il s'affala dans son canapé, n'invita pas Chozène à s'asseoir, pressentant qu'il n'y parviendrait pas. À cet instant, il mit un nom sur ce qui émanait de l'écrivain, une noirceur nouvelle, inédite. Hostilité. Chozène était hostile. Il ne venait pas en ami. Il venait en émissaire du désastre.

De façon assez inattendue, l'écrivain s'accroupit. Ses articulations craquèrent. Il portait toujours la petite sacoche en cuir que Baptiste avait remarquée, le jour de leur rencontre, au théâtre. Un accessoire hors d'âge, démodé depuis toujours. Il lui parut vieux et antipathique, ainsi accroupi devant lui, peut-être pour que leurs deux visages se trouvent à la même hauteur. Chozène grogna légèrement, dans l'effort que lui imposait cette position, cet équilibre branlant. Baptiste le vit sortir un à un des livres du pochon et les déposer sur la table basse. Il les alignait comme un prestidigitateur dispose des cartes, au début d'un tour.

Avec lenteur, précaution, presque circonspection, jetant parfois un bref coup d'œil à Baptiste pour s'assurer qu'il était concentré, qu'il suivait bien.

Il s'agissait de ses propres ouvrages. L'intégralité de son œuvre.

Hypnotisé par les gestes de Chozène, Baptiste ne remarqua pas tout de suite que les livres étaient très abîmés, jaunis, tachés, cornés. Peut-être parce qu'il venait de penser qu'ainsi accroupi, l'écrivain devait avoir un point de vue idéal sur le dessous du canapé, où s'entassaient des monceaux de fouillis. Il ne parvenait pas à trouver ce détail dérisoire. Vaincu par une crampe, Chozène s'agenouilla devant la table basse, à la japonaise. Cette position accentua brutalement sa ressemblance avec Elsa, bien que Baptiste ne se souvînt d'aucun moment précis où il l'avait vue à genoux.

— Feuilletez-les, intima tout à coup Chozène.

C'est alors que Baptiste commença de comprendre. Il saisit timidement *Le Voyage d'été,* l'ouvrit et tomba tout de suite sur une longue biffure rouge, rayant le premier paragraphe. Plus loin, ce furent des points d'exclamation indignés dans la marge, des phrases rageusement soulignées, des commentaires. *Inepte ! Ridicule ! Bavard ! Grotesque ! Artificiel !*

Le blanc qui suivait les chapitres, celui qui les précédait grouillaient de pattes de mouche. Il déchiffra les mots *artefact* et *vacuité.*

— Vous vous êtes bien foutu de ma gueule, dit Chozène.

Baptiste revint à la page de garde, et lut la longue dédicace du romancier pour son père. Il avait peur de relever la tête et de regarder Chozène. Parce qu'il savait que l'expression qu'il lirait sur son visage oblitérerait à jamais dans son souvenir toutes celles qu'il lui avait connues, se substituerait à elles. Il repensa au cercueil fermé de son grand-père. Au faciès des cadavres.

—Non, protesta-t-il. Non, jamais.

—Vous m'avez menti.

—Oui. Ça, oui.

Il osa enfin le regarder. Mais la physionomie de Chozène n'avait pas changé. Il était juste triste. Profondément triste.

—C'est ma faute, dit l'écrivain.

Puis il changea encore de position, s'assit carrément par terre, comme un adolescent, les pans de son manteau étalés autour de lui, sa sacoche échouée.

—Que vous a-t-il dit exactement ?

—À peu près… ce qui figure dans ses commentaires.

—Soyez plus précis, s'il vous plaît.

Tant bien que mal, Baptiste restitua sa dernière conversation avec le vieil homme, résistant à la tentation d'édulcorer.

—Il a eu besoin d'exprimer son mépris avant de mourir, résuma Chozène. C'est très mélodramatique.

—Non, c'est moi. Je l'avais… provoqué.

—Provoqué ?

—Je n'imaginais pas que…

—Non, j'entends bien.

À la façon d'un flic impitoyable, Chozène se fit raconter la scène, encore et encore, revenant sur les détails, les circonstances, les mots, multipliant les questions pour essayer d'obtenir un scrupuleux verbatim, toujours insatisfait, toujours soupçonneux, hochant la tête quand les réponses de Baptiste lui paraissaient à peu près vraisemblables.

—Je ne pense pas qu'il méprisait vos livres.

—Ah non ?

— Au contraire, même. C'est juste qu'il paraissait… déçu.

— Déçu ?

Chozène se releva, livide.

— J'aurais préféré qu'il me méprise.

Il fit un pas vers la porte, abandonnant les volumes souillés sur la table basse.

— Je n'ai pas eu le cœur de vous le dire…

L'écrivain l'interrompit, d'un geste.

— Je comprends. Je ne vous le reproche pas. Je vous ai dit que c'était ma faute.

— Si j'avais parlé, vous auriez arrêté d'écrire.

— Je ne publierai pas ce livre, de toute façon.

Baptiste qui s'aperçut qu'il s'était levé, lui aussi, ébaucha un geste. Par le Velux leur parvenait la stridence hostile d'une perceuse.

— Restons-en là, dit Chozène.

Baptiste voulut lui demander ce qu'impliquait exactement cette phrase, mais la porte s'était déjà refermée.

Le sourire d'Elsa le bouleversa, effaçant toutes les avanies. Elle le fit entrer, comme avant, il foula le parquet blond, huma les parfums, toucha les choses, s'imprégna de la lumière.

— Je suis au courant, l'informa-t-elle. Assieds-toi.

Il obéit, tétanisé par l'angoisse que tout disparaisse à nouveau, se désagrège, ne soit qu'un mirage.

— Au courant de quoi ?

— De tout. Mon père m'a raconté.

Elle sauta sur la méridienne, se blottit près de lui, très près, lui prit les mains.

— Franchement, à ta place, j'aurais fait pareil.

— Tu aurais menti ?

— Bien sûr. C'est lui qui t'avait demandé de mentir, non ? Tu étais payé pour ça.

Il s'immobilisa, mais elle n'était pas ironique. La transaction financière semblait le dédouaner complètement aux yeux de la jeune fille.

— Tu te souviens de ce que je t'avais dit sur mon grand-père, de toute façon.

Il hocha la tête avec ravissement. C'était comme si leur

présent et leur passé se suturaient sans douleur, occultant le funeste épisode où il avait cru la perdre pour toujours. Elle poursuivait leurs conversations, redessinait les contours de l'avenir.

— Oui. Qu'il était toujours…

— Contrarié.

— En colère.

— Il a fait beaucoup de mal à mon père.

Baptiste hocha la tête, déjà loin, cherchant un biais pour s'étendre dans le plus simple appareil sur le sofa de la petite chambre. Et s'il proposait à Elsa de réaliser une série ? Dopés par le succès de l'Odalisque, que ne repeignaient-ils tous les grands nus de l'histoire de l'Art ? Il se rêva Vénus dans un coquillage, Sabine, Baigneur, guidant le peuple ou déjeunant sur l'herbe. Il pourrait poser ainsi jusqu'à la retraite, offrant l'affaissement de ses chairs à l'œil brillant d'Elsa, que ternirait finalement la cataracte. On les retrouverait morts, tous les deux, écroulés sans douleur.

— Tu rêves ?

— Oui.

Il sut tout à coup que c'était le moment. Le temps des aveux. Mûrement poncé par la ronde de ses ruminations, le problème Husson ne lui paraissait plus si aigu. Avait-elle couché avec lui ? Sans doute. Et alors ? Et après ? Après, c'était maintenant. C'était déjà. Son heure était venue, son heure à lui. Le seul fait qu'elle l'ait recontacté, qu'elle l'ait prié de venir tout de suite, dès qu'elle avait appris la raison pour laquelle Chozène renonçait à son livre, en était la preuve. Et puis Fanny ne s'était pas trompée. Elsa était forcément tombée amoureuse de lui à l'instant même où elle avait appris ce qu'il avait fait. Ce qu'il avait comploté. Elle l'avait aimé aussitôt qu'elle l'avait haï. Pourquoi ne l'avait-elle pas embrassé dès qu'il avait paru à sa porte ? Parce qu'elle attendait qu'il le fasse. Les mots n'avaient plus cours, désormais. Le temps était venu de la boucler, de boucler cette histoire en scellant leurs lèvres. Il tendit le cou.

La sonnette de l'entrée retentit.

— Écoute, confessa Elsa. J'ai demandé à quelqu'un de venir.

— Husson ? s'indigna Baptiste, brutalement rétracté.

Elle sauta sur ses pieds et marcha vers la porte.

— Non, pas du tout.

Elle sortit du salon. Il demeura seul avec lui-même, les yeux fixés sur ses genoux, dont la structure complexe saillait à travers l'étoffe tendue de son jean. Hébété par l'ingéniosité prodigieuse des articulations humaines, qui le renvoyait toujours, quand il en prenait conscience, à l'hypothèse d'un dieu tout puissant et, concomitamment, à la nécessité d'entamer un régime, il ne reconnut pas tout de suite la voix, pourtant familière qui, dans le vestibule, répondait à celle d'Elsa.

Au moment où il était au bord d'y parvenir, ralenti cependant par l'effroi d'avoir raison, l'homme s'encadra dans le chambranle de la porte du salon où il s'immobilisa, ses petits yeux noirs rivés sur le jeune homme. Comme toujours quand il se trouvait en présence d'un être paré des ors de la renommée, Baptiste fut frappé par sa réalité morne, par son humanité obstinément ordinaire, par les poils sur ses mains, les peluches sur ses manches. André Marandin était plus tassé, plus petit, plus massif qu'il ne le pensait, moins réussi que ses photos.

— Alors c'est vous ? s'exclama-t-il, aussitôt gagné par une sorte d'irrépressible frémissement d'hilarité.

Il fit quelques pas, propulsé par l'onde de joie qui parcourait sa peau dont les plis, commissures, pattes d'oies et fossettes, tremblotaient. Son expression évoquait celle d'un enfant longuement frustré par la lenteur des jours, déballant enfin son cadeau d'anniversaire.

— Oui, répondit Baptiste. Désolé.

Cette répartie fit exploser Marandin de rire. Sa tête partit en arrière, ballota dans le vide, comme sous l'effet d'un uppercut, son torse pivota et sa bouche grande ouverte émit un sifflement asthmatique.

— Putain, sanglota-t-il en s'essuyant les yeux. J'en reviens pas.

Il se tourna vers Elsa qui se tenait debout, les bras croisés, trois pas derrière lui, opinant du chef pour confirmer qu'on était objectivement dans de l'énorme.

— C'est ce mec-là qui m'a piqué ma femme ! poursuivit Gus, désignant Baptiste de ses deux bras exagérément tendus, paumes ouvertes, en un geste de Monsieur Loyal.

— Pas exactement, nuança Baptiste.

Nouvel éclat de rire du producteur, d'autant plus inquiétant qu'il fut, cette fois, parfaitement muet. Cramoisi et hoquetant, il se laissa tomber sur le canapé, trop près du jeune homme à qui il asséna une puissante claque à la cuisse.

— Tu vois, articula-t-il quand il eut retrouvé un peu de souffle, ça me console presque. Chozène aurait été incapable d'y arriver tout seul.

Il s'essuya les yeux et les posa sur Elsa, comme s'il attendait de sa part une réaction, dans une attitude ambiguë, difficilement interprétable, entre bravade et componction. Elle lui proposa quelque chose à boire mais il ne semblait pas en état de s'intéresser à ces contingences. Ses traits, très mobiles, donnaient l'impression qu'il poursuivait un raisonnement trop rapide pour lui, qu'un flux d'idées l'éclaboussait, toutes suscitées par la présence de Baptiste, par leur rencontre, par l'émerveillement de pétrir enfin la cuisse de celui qui l'avait démoli.

— Il a fait sa propre pub ! hurla-t-il tout à coup. Il m'a recommandé de l'embaucher !

À nouveau, Elsa hocha la tête. Ces faits, apparemment, étaient connus d'elle. Épuisé, presque agréablement résigné à l'idée de subir la vengeance de Gus, dont la poigne se révélait fort ferme, Baptiste renonça à se demander pourquoi Elsa avait organisé cette entrevue. Il ne pensait qu'à elle, ne regardait qu'elle, croyait percevoir, par-delà le vacarme des paroles qui, maintenant, jaillissaient de Marandin, l'exquise musique de sa respiration. Elle lui souriait, là-bas, dans la profondeur de champ, depuis les lointains où il n'était pas, et il lui sourit aussi, interminablement.

— Ma proposition a l'air de te faire plaisir, dit Gus. Tu m'en vois ravi.

Baptiste se tourna vers lui et tressaillit, brusquement indisposé par la proximité de ce visage, de cette peau épaisse, striée de ridules et trouée de pores. Il s'écarta un peu, dégagea sa jambe, se concentra.

— Excusez-moi, dit-il, je n'ai pas bien entendu.

Les yeux de Marandin se plissèrent et son sourire changea.

— C'est le montant du cachet qui ne te convient pas ?

Alors, seulement, l'esprit de Baptiste se désengourdit, et lui restitua l'offre que le producteur venait de lui faire. Un contrat faramineux. Il serait tête d'affiche à Houdar de la Motte. Un mois pour commencer. Prolongations plus que probables.

— Mais... Pourquoi ? se déroba-t-il. Vous voulez vous venger de Choz... de Pierre ?

Marandin cessa de sourire mais une hilarité résiduelle flottait dans ses pupilles.

— Il y a de ça, avoua-t-il. Mais pas que. Tu es célèbre. On va se faire un pognon dingue, j'en suis sûr.

Elsa ne parut pas scandalisée par ces propos. En voulait-elle à ce point à son père ? Avait-elle résolu, à son tour, d'utiliser le talent de Baptiste pour le retourner contre son géniteur ? Si le jeune homme se produisait en public, il raviverait le souvenir des manœuvres de l'écrivain, lui nuirait assurément. S'il disparaissait, au contraire, retournait à ses newsletters, la foule s'enticherait bien vite d'une autre affaire. Chozène n'était ni acteur ni homme politique. Pour l'heure, Paris bruissait encore du scandale mais ses échos s'assourdissaient déjà.

—Tu dois penser à toi ! lança Elsa, qui réfléchissait en même temps que lui. Tu n'auras pas beaucoup d'autres occasions. Papa s'en remettra. Au pire, ça lui fera de la pub.

—Vous savez quoi ? lança Marandin. Je vais vous laisser discuter. Je suis sûr que tu auras de meilleurs arguments que moi, ma petite Zaza.

Alors, quand il fut parti, ils discutèrent.

Mais presque tous les mots s'effacèrent de la mémoire de Baptiste à l'instant où il franchit à son tour le seuil d'Elsa pour rentrer chez lui. À aucun moment il n'était parvenu à dire à la petite Zaza qu'il l'aimait. Peut-être, songea-t-il dans la nuit, parce qu'elle avait savamment déjoué tous ses efforts dans ce sens, détournant systématiquement la conversation.

Ou, plus probablement, parce qu'il était nul.

Il existe sans doute un mot pour désigner la façon dont François Hollande s'entretint avec Paul Valéry, ce soir-là. Un mot exquis, Grand Siècle, ou récent, au contraire, nimbé d'anglais, fluide, et dont les consonances vigoureuses vous transportent à la vitesse des vents cybernétiques. Ce mot traversa probablement l'esprit des spectateurs aux yeux brillants, miroitant dans les ténèbres amicales du théâtre. Ce mot ou d'autres, et des idées nouvelles, aussi, des impressions surprenantes, issues des badinages et des oaristys, des colloques baroques, des entretiens éclatants entre les morts, les vivants, les généraux d'antan, les femmes de lettres, les ministres de tous bords, les chanteurs à tube unique, les pythonisses de la météo marine.

Crispée sur son strapontin, Fanny ne perdit rien du spectacle et recueillit en sus, par habitude professionnelle, les commentaires chuchotés dans les travées. Les gens s'émerveillèrent. Des applaudissements crépitaient sans préambule, à tout instant, manifestant la combustion spontanée d'un enthousiasme incandescent qui couvait sous les murmures, dans les glissements d'étoffe, les soupirs contenus.

Baptiste était au top. Plus beau, plus lumineux que dans ses rêveries les plus complaisantes, dans ses débuts d'ébriété, quand l'alcool irrigue les synapses avec l'ardente innocence de l'aurore. La sono parfaitement dosée sertissait ses moindres saillies d'un écho de nacre, de coquillage, offrait aux tympans des perles acoustiques dont ils conserveraient longtemps l'écho.

Désinhibé, aminci par la fièvre des répétitions, servi par l'impeccable costume que Fanny lui avait taillé, il évoluait sur la scène dans la transe légère de ses imitations, ses traits calquant les humeurs que suscitaient les voix. En quelques pas dansés sur les planches où l'accompagnait comme un rayon, un unique faisceau doré, il devenait Simone Veil devant les députés, puis Badinter exhaussant ses sourcils, Léon Zitrone, la fratrie Jackson. Il se permettait tout, télescopait les époques, les goûts, les modes, créant des répons inédits entre un chansonnier d'après-guerre, dont il parvenait à rendre le nasillement caractéristique et un animateur contemporain, boosté par un caisson de basse. Les mélodies vocales, par contamination métonymique, donnaient à entendre quelque chose du monde où elles avaient éclos et des ondes d'attendrissement rafraîchissaient les visages, ressuscitaient des souvenirs, redonnaient la parole à des voix intérieures.

Le rideau retomba comme une pluie d'été.

Il fallut à Baptiste de longues secondes pour retraverser les âges et rassembler ses molécules. Quand il rouvrit les yeux, après les rappels, après que, derrière le velours, la foule se fût dispersée (car c'était une foule, on avait refusé du monde), Gus se tenait devant lui, silencieux, attentif, les mains dans les poches d'un pantalon sur mesure, qui chatoyait aux genoux.

— Honnêtement, petit, c'était fantastique.

Il ne souriait pas. Ses pommettes paraissaient tressaillir mais c'était peut-être une illusion due à la lumière poussiéreuse qui tombait du plafonnier.

— Vous n'êtes pas rancunier, observa Baptiste.

Son corps, peu à peu rendu aux lois métaboliques, l'informa qu'il avait transpiré, forcé sur certains tendons, martyrisé ses lombaires.

— Si, dit Gus. Mais je suis loyal.

— C'est très bien, approuva Baptiste, moins grisé au fond par son succès, qu'il ne voulait le paraître.

Il chercha des yeux quelqu'un. Quelqu'un d'autre et se tourna vers les coulisses. Seul Gus avait eu le sans-gêne de venir le trouver sur scène sitôt la représentation terminée. Vieux privilège de la chefferie, arrogance de puissant.

— Je vais retrouver mes amis, le prévint Baptiste en lui tournant le dos.

— Vous savez, observa Gus, je pense finalement que c'est une bonne chose d'avoir commencé ici.

— Commencé ?

— Oui. Pour vous et pour moi.

Dans les coulisses, il fut accueilli par Fanny qui lui sauta au cou et pressa contre lui ses seins enthousiastes. Juste après, Estelle lui planta sur chaque joue une bise dense, pleine de pensées, et Vincent le roua de coups affectueux qui lui firent très mal quand même.

— Quand vous aurez fait vos armes ici, préconisa Gus, vous viendrez chez moi. Dans mon théâtre.

— Bon, Marandin, fit Vincent en contenant son exaspération, tu nous laisses ou il faut qu'on te raccompagne ?

Gus ne se tourna vers lui qu'au bout d'un long moment, les yeux dans le vague.

— C'est dommage, cette agressivité, déplora-t-il avec une petite moue peinée.

— Barre-toi. Baptiste est fatigué. Et il est chez lui. Tu nous emmerdes.

— Vraiment dommage, conclut Gus.

Quand il eut disparu, une petite orgie s'improvisa dans les loges. On déboucha les deux premiers magnums. La mousse éclaboussa la grande affiche peinte par Elsa, un portrait de Baptiste souriant, dont le regard effronté s'agrémentait d'une pointe de mélancolie orientale, unique et discrète référence à *L'Odalisque.* Vincent n'avait eu aucun mal à obtenir les financements pour monter le spectacle. Les fonds avaient afflué d'eux-mêmes, la presse avait relayé l'information et, pour ce qu'en savait Estelle, tous les journalistes présents dans la salle ce soir étaient sortis ravis.

— On va casser la baraque ! prédit Vincent après le deuxième verre.

— Plus personne ne dit ça, si ? demanda Fanny dont le bout du nez rosissait joliment.

Baptiste, avachi dans un fauteuil trop raide, assistait au chorus sans parvenir à s'y mêler complètement. Le champagne passait mal. Des gens défilaient, passaient une tête réjouie dans l'encadrement de la porte, piétinaient dans les couloirs étroits. Tous ceux qui, de près ou de loin, soutenaient l'association depuis des années, donnaient de leur temps, de leurs forces, avaient tenu à être de la fête. On allait la casser, la baraque, le triomphe de Baptiste renflouerait les caisses pour mille ans, on pourrait monter des œuvres méconnues, exigeantes, faire pièce à l'idiocratie. Lorsqu'il fut enfin suffisamment ivre, Baptiste se morcela dans les éclats de voix et de couleurs, le chatoiement des faciès, la parfaite profusion des bulles.

De temps à autre, des lèvres altérées se posaient sur lui, sur ses paupières, lui baisaient l'occiput. Des voix hurlaient trop près de son oreille, des yeux miraient leur éclat dans les siens. C'était exactement comme le soir du vernissage, pour Elsa, mais ça n'avait rien à voir. C'était fatigant, c'était trop. Il se représenta son vasistas, la fraîcheur moirée du carreau, la nuit derrière, le goût calme d'un Figolu. Il avait faim et sommeil.

Et ce silence ?

Il rouvrit les yeux. Elsa, Chozène et Husson l'entouraient. Avant même de sursauter, il prit conscience qu'il avait bavé.

— On te réveille, déplora Elsa.

— Je ne vais pas rester, annonça Husson. C'est juste pour te dire… J'ai jamais vu un truc pareil. Je file rédiger mon article.

Il esquissa un pas vers la sortie, se retourna, tendit deux doigts vers Baptiste.

— Au fait, tu sais, l'autre jour, je t'ai demandé qui tu étais.

— Oui… et ?

Husson secoua la tête en souriant, ne répondit pas et partit.

À cet instant seulement, Baptiste constata qu'il n'y avait plus personne dans la loge, à part Elsa, Chozène et lui. L'écrivain n'avait encore rien dit. De la main droite, il pétrissait sa petite sacoche. Des bouteilles gisaient, des coupes, un ramassis de cacahuètes.

— C'est gentil d'être venu, déclara Baptiste.

Puis, sans l'avoir anticipé le moins du monde, il se leva, remua ses membres ankylosés, traversa l'espace qui le séparait de Chozène et le prit dans ses bras. Un doux parfum de vétiver flottait dans les cheveux du romancier.

Un court instant, son geste parut compréhensible à Baptiste, presque naturel. Il découlait d'un ensemble d'événements singuliers au nombre desquels figuraient la mort du père et le spectacle de ce soir. Les faits, les personnages, les objets mêmes s'organisaient dans cet espace imaginaire circonscrit par leurs deux entrevues au théâtre de Vincent. Où tout avait commencé. Où tout recommencerait.

Puis il sentit qu'il collait, et perçut le remuement exaspéré des doigts de Chozène contre la toile de sa sacoche. Il le lâcha et recula d'un pas.

— Je suis très heureux pour vous, Baptiste, lâcha l'écrivain, du bout des lèvres.

— Il t'en veut encore beaucoup, expliqua Elsa.

— Elsa, je t'en prie.

— C'est moi qui l'ai forcé à venir.

Ils soupirèrent tous les trois, en léger décalé. Tandis que Chozène paraissait chercher ses mots, Baptiste se bricola une version alternative des minutes précédentes, dans laquelle il n'aurait pas étreint le corps étrangement osseux du romancier puis, par auto-hypnose, s'efforça de la substituer à l'originale. Le champagne aidait un peu.

— C'est faux, corrigea Chozène. Personne ne m'a forcé à venir et je ne vous en veux pas.

— Voilà, sourit Elsa. C'est dit.

Ils parlèrent.

Peu, d'abord, par parcelles de phrases abandonnées en route, mots mal appropriés, malentendus consentis, silences suggestifs, chacun d'eux empêchant les deux autres d'aller au fond de ce qu'ils avaient à clarifier mais n'osant s'éclipser, retenus par la crainte d'en dire trop, de laisser fuir quelque secret susceptible de rompre à jamais ce qui, entre eux, tentait de se renouer. Baptiste n'apprit rien de précis sur la nature exacte des sentiments que lui portaient les Chozène père et fille. Il ne circonscrivit pas davantage la place qu'il occupait dans leur vie, les clairières qu'il y avait dessinées, ne sut pas si Elsa aimait Husson ni s'il aurait le droit de se rasseoir un jour dans le fauteuil qui sentait bon la vache.

À nouveau, il ferma les yeux. Les voix de ses interlocuteurs lui apparurent alors plus nettes, plus brillantes, plus distinctes. Si les propos demeuraient nébuleux, leur véhicule vocal se mouvait dans son crâne avec une élégante évidence. Encouragé par l'alcool, il s'autorisa quelques menues insolences, se mit à répondre à Elsa avec la voix de son père et réciproquement, travestit les propos, alimenta la cacophonie. Elsa coupa la parole à Elsa, Chozène appela sa fille papa, on n'y comprit plus rien.

Quand il rouvrit les yeux, ils avaient disparu.

Il se demanda depuis combien de temps il parlait tout seul.

Rompu de fatigue, il finit par se lever, traversa le théâtre désert.

La scène et la salle lui parurent minuscules et il faillit ne pas trouver la sortie de secours.

Une fois dans la rue, il remplit ses poumons de nuit fraîche.

Comme il venait de prendre la décision de rentrer à pied, quelqu'un glissa son bras sous le sien. Il tourna la tête, c'était Fanny.

Il voulut parler mais elle l'entraîna vers les lointains. Il se laissa faire, enveloppé par son silence inimitable.

CHEZ LE MÊME ÉDITEUR

Julien d'Abrigeon
Sombre aux abords

Yan Allegret
Les Enfants éblouis

Philippe Annocque
Liquide
Monsieur Le Comte au pied de la lettre
Rien (qu'une affaire de regard)
Pas Liev
Élise et Lise
Seule la nuit tombe dans ses bras

Bettina Balàka
Murmures de glace

Nick Barlay
La Femme d'un homme qui

John Berger
La Tenda rouge de Bologne

Nella Bielski
C'était l'an 42

Julien Bosc
Le Corps de la langue

Lionel Bourg
L'Engendrement
L'Horizon partagé
C'est là que j'ai vécu

Kate Braverman
Lithium pour Médée
Bleu éperdument

Rolf Dieter Brinkmann
Rome, regards

Mathieu Brosseau
Chaos

Ron Butlin
Le Son de ma voix
Visites de nuit

Arno Camenisch
Ustrinkata
Derrière la gare
Sez Ner (à paraître)

Jonathan Coe
B.S. Johnson, histoire d'un éléphant fougueux

Marie Cosnay
À notre humanité

Didier da Silva
Dans la nuit du 4 au 15

Denis Decourchelle
La Persistance du froid

Paul Desalmand
Le Pilon

Anna Dubosc
Bruit dedans

Karsten Dümmel
Le Dossier Robert
Le Temps des immortelles

Miguel Duplan
Un long silence de carnaval

Maria Efstathiadi
Hôtel Rouge

Eva Figes
La Version de Nelly

Frédéric Fiolof
La Magie dans les villes

Marie Frering
Désirée
L'Ombre des montagnes

Eléonore Frey
En route vers Okhotsk

Mihàlis Ganas
Quelques femmes

Undine Gruenter
La Cache du Minotaure
Le Jardin clos

John Herdman
Imelda
La Confession

Paulus Hochgatterer
Brève histoire de pêche à la mouche
La Douceur de la vie

Victoria Horton
Grand Ménage
Attachements

Chrìstos Ikònomou
Ça va aller, tu vas voir
Le salut viendra de la mer

Reinhard Jirgl
Les Inachevés
Renégat, roman du temps nerveux
Le Silence

B.S. Johnson
R.A.S. Infirmière-Chef, une comédie gériatrique
Christie Malry règle ses comptes
Chalut
Albert Angelo
Les Malchanceux

Gabriel Josipovici
Moo Pak
Tout passe
Goldberg: Variations
Infini - l'histoire d'un moment
Dans le jardin d'un hôtel

Jacques Josse
Cloués au port

Anne Karen
Rouge encor du baiser de la reine

Michel Karpinski
La Sortie au jour

Besik Kharanaouli
Le Livre d'Amba Besarion

Mènis Koumandarèas
La Femme du métro
Le Beau Capitaine
Mauvais Anges

Alain Lacroix
Constellation

Jérôme Lafargue
L'Ami Butler
Dans les ombres sylvestres
L'Année de l'hippocampe
En territoire Auriaba
Le temps est à l'orage

Erwan Larher
Marguerite n'aime pas ses fesses
Le livre que je ne voulais pas écrire
Pourquoi les hommes fuient?

Michael Lentz
Mourir de mère

Christophe Levaux
La Disparition de la chasse

Hans Limon
Poéticide

Christoph Meckel
Portrait-robot. Mon père / Portrait-robot. Ma mère

Annette Mingels
Romantiques

Marcel Moreau
À dos de Dieu

Rafael Menjívar Ochoa
Le directeur n'aime pas les cadavres
Ma voix est un mensonge

Stéphane Padovani
La Veilleuse
L'Autre Vie de Valérie Straub
Le bleu du ciel est déjà en eux

Yànnis Palavos
Blague

Robert Perchan
La Chorée de Perchan

Claudio Piersanti
Enrico Metz rentre chez lui

Eric Plamondon
Taqawan
Oyana

Cécile Portier
De toutes pièces

Horacio Quiroga
Les Persécutés &
Histoire d'un amour trouble

Benoît Reiss
L'Anglais volant

Monique Rivet
Le Cahier d'Alberto

Vedrana Rudan
Rage

Maïca Sanconie
Amor
De troublants détours
Le Bord du ciel

Ersi Sotiropoulos
Dompter la bête

Julien Syrac
Berlin On/Off

Laurence Teper
Un cadenas sur le cœur

Pierre Terzian
Crevasse
Ça fait longtemps qu'on s'est jamais connu

Bruno Testa
Dépression tropicale
L'Adoption

David M. Thomas
Un plat de sang andalou
Nos yeux maudits

Pär Thörn
Le Chronométreur

Nils Trede
La Vie pétrifiée

Yannis Tsirbas
Victoria n'existe pas

Stéphane Vanderhaeghe
Charøgnards
À tous les airs

Romain Verger
Zones sensibles
Grande Ourse
Forêts noires

Olivier Vigna
L'Appendice des jours

Marc Villemain
Le Pourceau, le Diable et la Putain

Michel Vittoz
Danses du destin

Catherine Ysmal
Irène, Nestor et la Vérité
À vous tous, je rends la couronne

Zyrànna Zatèli
Le Vent d'Anatolie

Quand le caméléon est au pouvoir, tout ce qui l'entoure change de couleur.
Imprimé dans l'U.E. en juin 2020
pour le compte de Quidam éditeur à Meudon.